El guardián del tiempo

El escritor, guionista y periodista **Mitch Albom** conquistó a millones de lectores en todo el mundo con su libro, ya convertido en un clásico, *Martes con mi viejo profesor,* al que siguieron muchos otros éxitos, como el de *Un día más, El guardián del tiempo* y *Las cinco personas que encontrarás en el cielo.* En *Una música prodigiosa* rinde tributo a la música, una de sus pasiones.

La próxima persona que encontrarás en el cielo, recupera a uno de los personajes de *Las cinco personas que encontrarás en el cielo* y cuenta su historia. Su última novela, *El extraño que llegó del mar,* es una cautivadora novela sobre el poder infinito de la esperanza.

www.mitchalbom.com

Descarga nuestro
catálogo EMBOLSILLO

Si tienes un club de lectura o quieres organizar uno, en nuestra web encontrarás guías de lectura de algunos de nuestros libros. www.maeva.es/guias-lectura

MITCH ALBOM

El guardián del tiempo

Por el autor de
Martes con mi viejo profesor

Traducción:
JOFRE HOMEDES

EM·BOLSILLO

Título original:
The time keeper

© 2006 by MITCH ALBOM, Inc.
Esta edición ha sido publicada por acuerdo con DAVID BLACK LITERATY AGENCY
a través de INTERNATIONAL EDITORS y YAÑEZ´CO
© de la traducción: JOFRE HOMEDES, 2013
© de esta edición: EMBOLSILLO, 2025
Benito Castro, 6
28028 MADRID
www.maeva.es

ISBN: 978-84-18185-75-5
Depósito legal: M-25484-2024

Diseño de cubierta: LAURA KLYNSTRA
Adaptación e imágenes de la cubierta: OPALWORKS
Diseño del interior: BETTY LEW
Fotografía del autor: © GLEN TRIEST/TRIEST PHOTOGRAPHIC
Diseño de colección: TONI INGLÈS
Preimpresión: Gráficas 4, S. A.
Impresión y encuadernación: CPI Black Print (Barcelona)
Impreso en España / *Printed in Spain*

*Este libro sobre el tiempo está dedicado a Janine,
que hace que valgan la pena todos
los minutos de mi vida*

PRÓLOGO

1

HAY UN HOMBRE **sentado solo en una cueva.**

Tiene el pelo largo. La barba le llega a las rodillas. Se sostiene la cabeza con las manos.

Cierra los ojos.

Está escuchando algo. Voces, voces incesantes. Brotan de un charco al fondo de la cueva.

Son las voces de los habitantes de la Tierra.

Y quieren una sola cosa:

Tiempo.

Una de las voces es la de Sarah Lemon,

una adolescente de nuestra época que, tendida en la cama, mira una foto en su teléfono móvil: un chico guapo, con el pelo de color café.

Se verán esa noche. A las ocho y media. Lo repite entusiasmada: «¡Las ocho y media, las ocho y media!», mientras piensa en qué ponerse. ¿Los vaqueros negros? ¿El top sin mangas? No. Odia sus brazos. El top sin mangas, no.

—Necesito más tiempo —dice.

Otra de las voces es la de Victor Delamonte.

Rico, ronda los ochenta y cinco años, está en una consulta médica, sentado junto a su mujer. Hay una camilla tapada con un papel blanco.

El médico habla en voz baja.

—No hay gran cosa que hacer.

Los meses de tratamiento no han surtido efecto. Tumores. Los riñones.

La mujer de Victor intenta decir algo, pero se le atragantan las palabras. Victor carraspea como si compartiesen la misma laringe.

—Lo que quiere preguntar Grace es... ¿cuánto tiempo me queda?

Sus palabras, y las de Sarah, se elevan lentamente hasta llegar a la cueva remota y al hombre barbudo y solitario que la habita. Es el Padre Tiempo.

Habrá quien lo tenga por un mito, un personaje de una tarjeta de felicitación de Año Nuevo: vetusto, ajado, con un reloj de arena entre las manos; es más viejo que ninguna otra persona en todo el mundo.

Pero el Padre Tiempo existe. Y lo cierto es que no puede envejecer. Bajo su barba encrespada, bajo su larga cabellera —señales de vida, no de muerte—, un cuerpo delgado y una piel sin arrugas, inmunes al tiempo que preside.

Antes de enojar a Dios, fue un hombre más, un simple hombre destinado a morir cuando sus días tocaran a su fin.

Ahora es otro su destino: desterrado en la cueva, debe escuchar todas las súplicas del mundo, súplicas de más minutos, de más horas, de más años, de más tiempo.

Lleva allí una eternidad. Ya ha perdido la esperanza. Todos, sin embargo, tenemos un reloj que marca en algún sitio, silenciosamente, el paso de las horas. Incluso él tiene un reloj.

Pronto el Padre Tiempo quedará en libertad.

Para volver a la Tierra.

Y acabar lo que empezó.

EL PRINCIPIO

2

Esta historia trata **del significado del tiempo**

y empieza hace mucho, en los albores de la historia de la humanidad, cuando un niño descalzo sube corriendo por una montaña. Delante de él va una niña descalza. El niño trata de alcanzarla. Así son las cosas a menudo entre los niños y las niñas.

Y entre ellos dos siempre serán así.

El niño se llama Dor. La niña Alli.

A esa edad difieren poco en estatura. Los dos tienen la voz aguda, el pelo oscuro, recio, y la cara manchada de barro.

Alli se gira sin dejar de correr y sonríe, burlona. Lo que siente nacer es el amor. Toma una piedra del suelo y la arroja hacia el niño.

—¡Dor! —grita.

Dor corre contando cada soplo de aire que inhala.

Es la primera persona que lo intenta en el mundo: contar, calcular. Al principio emparejaba dedos y asignaba un sonido y un valor a cada par. Poco después, contaba todo lo que podía.

Dor es un niño bueno y obediente, pero sus pensamientos van más lejos que los de los demás niños. Es diferente.

Y en esta página temprana de la historia, un niño diferente puede cambiar el mundo.

Por eso Dios lo está observando.

—¡**Dor!** —**grita Alli.**

Dor levanta la vista y sonríe. Siempre sonríe a Alli. En ese momento cae la piedra a sus pies. Dor ladea la cabeza y formula un pensamiento.

—¡Tírame otra!

Alli lanza otra piedra al cielo. Dor cuenta con los dedos: un sonido para el uno, otro para el dos...

—¡Agrrr!

Otro niño se le ha echado encima por detrás: es Nim, mucho más fuerte y corpulento. Nim se pavonea por clavar su rodilla en la espalda de Dor.

—¡Soy el rey!

Los tres niños se ríen.

Y siguen corriendo.

Intenta imaginar cómo sería la vida si no contásemos el tiempo.

Lo más probable es que no puedas. Sabes en qué mes, año y día de la semana te encuentras. En la pared, o en el salpicadero de tu coche, hay un reloj. Tienes un horario, un calendario, una hora para comer o ir al cine.

Pero a tu alrededor se ignora el cómputo del tiempo. Los pájaros no se retrasan. No hay perros que miren el reloj. Los ciervos no temen olvidar los cumpleaños.

Solo el hombre mide el tiempo.

Solo el hombre da las horas.

Y a causa de ello, el hombre sufre un miedo paralizador que no padece ningún otro ser vivo:

El miedo a que se le acabe el tiempo.

3

Sarah Lemon teme **que se le esté acabando el tiempo.**

Sale de la ducha haciendo cálculos: veinte minutos para secarse el pelo, media hora para maquillarse, media más para vestirse y un cuarto de hora de trayecto. *¡Las ocho y media, las ocho y media!*

Se abre la puerta de la habitación. Es su madre, Lorraine.

—Cariño...

—¡Llama antes de entrar, mamá!

—Vale: pum, pum...

Al mirar la cama, Lorraine ve sobre ella varias prendas: dos pantalones vaqueros, tres camisetas y un jersey blanco.

—¿Adónde vas?

—A ninguna parte.

—¿Has quedado con alguien?

—No.

—De blanco estás muy guapa...

—¡Mamá!

Lorraine suspira. Recoge del suelo una toalla mojada y se va.

Sarah se mira otra vez en el espejo. Piensa en el chico. Se pellizca la grasa de la cintura. Uf.

¡Las ocho y media, las ocho y media!

No, el blanco queda descartado.

Victor Delamonte teme que se le esté acabando el tiempo.

Sale con Grace del ascensor y entra en su ático.

—Dame el abrigo —dice Grace para colgarlo en el armario.

Todo está en silencio. Victor recorre el pasillo apoyándose en un bastón y pasa al lado de un cuadro de gran formato de un pintor francés. Le duele el abdomen. Debería tomar una pastilla. Entra en su estudio, lleno de libros y de placas conmemorativas, con un escritorio gigantesco de caoba.

Piensa en el médico. «No hay gran cosa que hacer. ¿Qué ha querido decir? ¿Meses? ¿Semanas? ¿Será el final? No, imposible.

Oye los tacones de Grace sobre las baldosas. La oye marcar un número de teléfono.

—Ruth, soy yo.

Es Ruth, su hermana. Grace baja la voz.

—Acabamos de llegar del médico.

Solo en su sillón, Victor hace cálculos sobre su vida menguante. Siente que su respiración sale de golpe como si le hubieran estrujado el pecho. Sus facciones se contraen y sus ojos se empañan.

4

Al crecer, los **niños gravitan hacia su destino.**

También Dor, Nim y Alli, los tres niños que corrían por la montaña.

Nim se hizo alto y ancho de hombros.

Transportaba ladrillos de adobe para su padre, que era constructor. Le gustaba ser más fuerte que los otros niños. Estaba fascinado por el poder.

Alli se hizo más guapa.

Y su madre le advirtió que no se soltara las trenzas ni levantara los ojos para no alimentar con su belleza los malos deseos de los hombres. De la humildad hizo Alli su refugio.

¿Y Dor?

Dor se convirtió en medidor de cosas. Marcaba piedras, hacía muescas en palos y agrupaba ramas, guijarros y todo lo que pudiera contar. A menudo, al pensar en los números, caía en una especie de ensoñación, y sus hermanos mayores se iban a cazar sin él.

En vez de cazar, Dor se iba a correr con Alli a las montañas, precedido por su pensamiento, que lo invitaba a seguirlo.

Hasta que una mañana de calor sucedió algo raro.

Dor, que según nuestro cómputo ya era adolescente, se sentó en el suelo y clavó un palo en la tierra. El sol brillaba con fuerza. Se fijó en la sombra del palo.

Puso una piedra en la punta del palo. Cantaba en voz baja, pensando en Alli. Eran amigos desde niños, pero ahora Dor era más alto, y ella más... suave. Y cuando Alli levantaba la vista para mirarlo a los ojos, Dor sentía una especie de debilidad. Era como si le hiciera tropezar.

El zumbido de una mosca interrumpió sus reflexiones.

—Ahhh —dijo Dor al ahuyentarla.

Cuando volvió a mirar el palo, su sombra ya no alcanzaba la piedra.

Dor esperó, pero la sombra se hizo aún más pequeña, porque el sol se movía en el cielo. Decidió dejarlo todo como estaba y regresar al día siguiente. Cuando la sombra proyectada por el sol llegara exactamente hasta la piedra, sería el momento... *El mismo momento que hoy.*

De hecho, razonó, ¿no contendrían todos los días un momento igual, en el que se alineasen la sombra, el palo y la piedra?

Lo llamaría el momento de Alli. Cada día, llegado aquel instante, pensaría en ella.

Se dio una palmada en la frente, orgulloso de sí mismo.

Y así fue como el ser humano empezó a llevar la cuenta del tiempo.

La mosca volvió.

Dor la ahuyentó por segunda vez, pero en esta ocasión la mosca se convirtió en una larga franja negra que se ensanchó hasta transformarse en un rectángulo oscuro.

Y de la bolsa salió un anciano con una túnica blanca.

Dor abrió mucho los ojos, asustado. Quiso correr y gritar, pero su cuerpo no le respondía.

El anciano llevaba un cayado de madera dorada, con el que tocó el palo solar de Dor. El palo se elevó por encima del suelo y se convirtió en un enjambre de avispas. Las avispas formaron otra franja oscura que se abrió como se abren las cortinas.

El anciano la cruzó.

Y se fue.

Dor salió corriendo.

Nunca contó a nadie nada de aquella visita.

Ni siquiera a Alli.

Solo al final.

5

Sarah encuentra tiempo **en un cajón.**

Buscaba sus vaqueros, pero lo que encuentra al fondo del cajón es su primer reloj de pulsera, un Swatch morado con correa de plástico. Se lo regalaron sus padres cuando cumplió doce años.

Dos meses después se divorciaron.

—¡Sarah! —grita su madre en el piso de abajo.

—¿Qué? —grita a su vez Sarah.

Después de la separación, Sarah se quedó con Lorraine, para quien Tom, su ex ausente, era el culpable de todo lo malo que pudiera pasarles. Sarah siempre asentía, compasiva, pero de alguna manera las dos esperaban a Tom: Lorraine para que reconociese que se había equivocado y Sarah para que la rescatase. Ninguna de ambas cosas llegó a suceder.

—¿Qué pasa, mamá? —vuelve a gritar.

—¿Necesitas el coche?

—No, no necesito el coche.

—¿Qué?

—¡Que no necesito el coche!

—¿Adónde vas?

—¡A ningún sitio!

Mira la hora en el reloj morado, que aún funciona: son las 18.59.

¡Las ocho y media, las ocho y media!

Cierra el cajón y grita:

—¡Estás como una tapia!

¿Dónde estarán sus vaqueros negros?

Victor encuentra tiempo en un cajón.

Saca su agenda para consultar el programa del día siguiente: asamblea a las diez, reunión con los analistas a las dos y cena con el consejero ejecutivo brasileño de una empresa que va a pasar a ser de su propiedad. Tal como se encuentra, tendrá suerte si consigue hacer alguna de las tres cosas.

Se toma una pastilla. Oye un timbre. ¿Quién vendrá a esas horas? Oye a Grace por el pasillo. Ve la foto de su boda en su escritorio: qué jóvenes, qué sanos, sin tumores ni problemas de riñón...

—¿Victor?

Grace está en la puerta del estudio, con un empleado de una empresa de servicios que empuja una gran silla de ruedas motorizada.

—¿Qué es eso? —dice Victor.

Grace sonríe de manera forzada.

—¿No te acuerdas de que lo decidimos?

—Aún no me hace falta.

—Victor...

—¡Que aún no me hace falta!

Grace mira el techo.

—Déjela aquí —le dice al empleado.

—En el pasillo —indica Victor.

—En el pasillo —repite Grace.

Primero sale el empleado y después ella.

Victor cierra su agenda y se frota el abdomen. Piensa en lo que le ha dicho el médico.

«No hay gran cosa que hacer.»

Pero *algo* habrá que hacer.

21

6

DOR Y ALLI se casaron.

Fue una noche cálida de otoño, delante de un altar, tras un intercambio de regalos. Alli llevaba un velo. Dor le derramó perfume en la cabeza y dijo:

—Eres mi esposa. Llenaré de plata y oro tu regazo.

Esa era la costumbre de la época.

La frase «eres mi esposa» llenó a Dor de calidez y de sosiego: Alli siempre había sido como el cielo para él, una presencia constante desde que eran niños. Era la única capaz de distraerlo de sus cuentas, la única que podía traerle agua del gran río, sentarse a su lado y susurrar una dulce melodía. Entonces Dor bebía del vaso, sorbo a sorbo, sin conciencia del tiempo que llevaba mirándola sin parpadear.

Ahora estaban casados y Dor era feliz. Por la noche observó un cuarto de luna a través de las nubes y recurrió a ella como indicador del momento y la luz de la noche en que se habían unido en matrimonio.

Dor y Alli tuvieron tres hijos.

El primero fue niño y las dos siguientes niñas. Vivían con la familia de Dor, en casa de su padre, cerca de otras tres casas hechas con adobe y cañas. En aquella época, las familias —padres, hijos y nietos— vivían bajo el mismo techo.

Solo los hijos que lograban enriquecerse llegaban a instalarse en una casa propia.

Dor nunca se enriquecería.

Nunca llenaría de plata y oro el regazo de Alli. Todas las cabras, ovejas y bueyes eran de sus hermanos y de su padre, que a menudo le daba un bofetón por estar perdiendo el tiempo en recuentos absurdos. Su madre lloraba cuando lo veía encorvado, trabajando en sus cosas. Le parecía que los dioses no le habían dado fuerza.

—¿No podrías parecerte un poco a Nim? —preguntaba.

Nim se había convertido en un rey poderoso.

Era dueño de grandes riquezas y de muchos esclavos. Había empezado a construir una torre muy alta, junto a la que algunas mañanas pasaban Dor y Alli con sus hijos.

—¿Es verdad que jugabais juntos de pequeños? —preguntó en cierta ocasión el niño a Dor.

Dor asintió. Alli agarró a su esposo del brazo.

—Tu padre corría más deprisa y escalaba mejor.

Dor sonrió.

—Quien más corría era tu madre.

Los niños se rieron, prendidos a las piernas de su madre.

—Si lo dice vuestro padre es que es verdad —dijo ella.

Dor contó los esclavos que trabajaban en la torre de Nim. Los contó hasta quedarse sin números. Qué distintas, pensó, habían terminado siendo su vida y la de Nim.

El mismo día, algo más tarde, Dor hizo muescas en una tabla de arcilla para marcar el recorrido del sol por el cielo. Cuando los niños quisieron jugar con las herramientas de su padre, Alli apartó con suavidad sus manos y besó sus dedos.

La historia no lo recoge,

pero con los años Dor probó todas las maneras de medir el tiempo que la ciencia atribuiría más tarde a otras personas.

Fijó sombras mucho antes de los obeliscos egipcios y midió el agua mucho antes de las clepsidras griegas.

Fue el inventor del primer reloj de sol, el creador del primer reloj de manecillas e incluso del primer calendario.

«Adelantado a su tiempo.» Es una frase que se dice mucho.

Dor se adelantó a todos.

Pensemos en la palabra «tiempo».

¡En cuántas expresiones la empleamos! Pasar el tiempo. Desaprovechar el tiempo. Matar el tiempo. Perder el tiempo.

A su debido tiempo. Tiempo al tiempo. Cada cosa a su tiempo. Ahorrar tiempo.

Tiempo atrás. Justo a tiempo. Fuera de tiempo. Tiempo material. Llegar a tiempo. Faltar tiempo. Al tiempo. Ganar tiempo.

Hay tantas expresiones que contienen la palabra «tiempo» como minutos tiene un día.

Pero hubo una época en que el tiempo no tenía nombre. Porque nadie lo contaba.

Hasta que Dor empezó a hacerlo.

Y todo cambió.

7

Un día, cuando sus hijos ya eran lo bastante mayores como para ir solos a correr por las montañas, Dor recibió la visita del rey Nim, su amigo de la infancia.

—¿Qué es esto? —preguntó Nim.

Dor sostenía un cuenco entre las manos. Cerca del fondo había un pequeño agujero.

—Una medida —contestó Dor.

—No, Dor. —Nim se rio—. Es un cuenco inservible. Mira este agujero: toda el agua que metas saldrá por aquí.

Dor no discutió. ¿Cómo llevarle la contraria, si mientras él se pasaba el día entre huesos y palos Nim dirigía ataques contra los pueblos vecinos, se apoderaba de las pertenencias ajenas y ordenaba a todos que le siguieran?

La visita fue algo insólito, habían pasado muchas lunas desde que se vieron por última vez. Nim llevaba una túnica imponente de algodón teñido de púrpura, un color indicativo de riqueza.

—¿Sabes que estamos construyendo una torre? —preguntó.

—Nunca había visto nada igual —dijo Dor.

—Pues solo es el principio, amigo mío. Nos llevará hasta el cielo.

—¿Para qué?

—Para vencer a los dioses.

25

—¿Vencerlos?

—Sí.

—¿Y después?

Nim hinchó el pecho.

—Después gobernaré desde las alturas.

Dor desvió la mirada.

—Únete a mí —dijo Nim.

—¿Yo?

—Eres listo. Lo sé desde que éramos pequeños. No estás loco, como dicen. Todo lo que sabes y estas..., cosas...

Señaló los instrumentos.

—Con esto mi torre sería más sólida, ¿verdad?

Dor se encogió de hombros.

—Enséñame cómo funcionan.

Durante el resto de la tarde Dor expuso sus ideas a Nim.

Le enseñó que la sombra del palo solar se alineaba con sus marcas, y que las señales del palo dividían el día en varias partes. También le mostró su colección de piedras que seguían las fases de la luna.

Nim no entendió casi nada de sus explicaciones. Sacudía la cabeza, insistiendo en que el dios del sol y el de la luna libraban una lucha constante, y que por eso subían y bajaban. Lo importante era el poder, como el que adquiriría él cuando acabara la torre.

Dor estuvo atento a sus palabras, pero no se imaginaba a Nim invadiendo las nubes. ¿Qué posibilidades podía tener?

Al final de la conversación Nim tomó uno de los palos solares.

—Me lo llevo —dijo.

—Espera...

Se lo puso en el pecho.

—Haz otro, y cuando vengas a ayudar a hacer la torre, tráelo.

Dor bajó la vista.

—No puedo ayudarte.

Nim movió de un lado a otro la mandíbula.

—¿Por qué?

—Por mi trabajo.

Se rio.

—¿Agujerear cuencos?

—Es más que eso.

—No te lo volveré a pedir.

Dor guardó silencio.

—Como quieras. —Nim suspiró y se fue hacia la puerta—. Pero te tendrás que ir de la ciudad.

—¿Irme?

—Sí.

—¿Adónde?

—No es de mi incumbencia. —Nim examinó las tallas del palo solar—. Pero márchate bien lejos, porque si no mis hombres te obligarán a ir a la torre, como a todos.

Pasando al lado de los cuencos, agarró el del agujero, lo giró y sacudió la cabeza.

—Nunca olvidaré nuestra infancia —dijo—. Pero no volveremos a vernos.

8

A Sarah Lemon no le queda mucho tiempo.

Son las 19.25, y sus vaqueros negros —han aparecido finalmente dentro de la lavadora— dan vueltas en la secadora a la máxima potencia. Su pelo es tan rebelde que le gustaría rapárselo. Su madre ha vuelto a entrar dos veces en su cuarto, la última con una copa de vino, y le ha dado su opinión sobre el maquillaje. «Vale, mamá, ya lo he entendido», ha contestado ella sin hacerle caso. Sarah ha optado por una camiseta de color frambuesa, los vaqueros negros —«¡si es que llegan a secarse!»— y las botas negras de tacón. Con tacones parecerá más delgada.

Ha quedado con el chico delante de una tienda de las que están abiertas veinticuatro horas. *¡Las ocho y media, las ocho y media!* Tal vez coman algo, o se vayan a algún sitio. Como él quiera. Hasta ahora solo se habían visto los sábados por la mañana en el comedor benéfico en el que colaboran, pero Sarah había insinuado varias veces que podían quedar fuera del trabajo, y la semana pasada el chico dijo:

—Ah, vale, pues igual el viernes.

Ya es viernes. Sarah tiene la piel de gallina. Es la primera vez que le hace caso un chico así, tan guapo y con tantos amigos. Cuando está con él tiene ganas de que los minutos pasen más despacio, mientras que hasta que llega el momento de verlo nunca pasan lo bastante deprisa.

Se mira en el espejo.

—¡Aaah, qué pelos!

A Victor Delamonte no le queda mucho tiempo.

Son las 19.25. Las oficinas de la Costa Este estarán cerradas, pero no las de la Costa Oeste.

Descuelga el teléfono, llama a otra zona horaria y pide que le pongan con Investigación. Mientras espera, mira los libros de su estantería y hace un inventario mental de los títulos. «Leído. No leído. No leído.»

Aunque aprovechara cada minuto de los que ha dicho el médico que le quedan, no podría leerlos todos. Y solo es una habitación. Solo una casa. Inaceptable. Victor es rico. Tiene que hacer algo.

—Información —dice una voz femenina.

—¿Qué hay?, soy Victor.

—¿El señor Delamonte? —Parece nerviosa—. ¿En qué puedo ayudarlo?

Piensa en Grace, y en la silla de ruedas que encargó. No se rendirá tan fácilmente.

—Quiero que te pongas a investigar ahora mismo. Mándame todo lo que encuentres.

—Por supuesto. —La investigadora teclea—. ¿Sobre qué tema?

—La inmortalidad.

9

Después de la visita de Nim, Dor y Alli subieron a una montaña desde donde contemplar la puesta de sol.

Lo hacían casi cada atardecer, para recordar cuando eran niños y se perseguían. Esta vez, sin embargo, Dor no dijo nada. Llevaba varios cuencos y una jarra de agua. Una vez sentados le contó a Alli lo de la visita de Nim, y ella se puso a llorar.

—¿Pero adónde iremos? —dijo—. Nuestro hogar, nuestra familia, están aquí. ¿Cómo vamos a sobrevivir?

Dor bajó la vista.

—¿Quieres que me esclavicen en la torre?

—No.

—Pues entonces no tenemos elección.

Tocó las lágrimas de Alli y se las enjugó.

—Tengo miedo —susurró ella.

Se abrazó al torso de Dor, con la cabeza apoyada en su hombro. Lo hacía cada noche, y tenía un gran efecto, como la mayoría de los gestos de cariño. Con Alli en brazos, Dor sentía un gran sosiego, como si lo cubriese una manta. Sabía que nadie lo querría ni lo entendería nunca como ella. Hundió la cara en su oscura melena, y respiró como solo respiraba cuando estaba con ella.

—Te protegeré —prometió.

Estuvieron sentados mucho tiempo, mirando el horizonte.

—Mira —susurró Alli.

Le encantaban los colores del crepúsculo: naranja, rosa pálido, rojo arándano...

Dor se levantó.

—¿Adónde vas? —le preguntó Alli.

—Tengo que probar una cosa.

—Quédate conmigo.

Dor, sin embargo, se acercó a las rocas, vertió agua en un pequeño cuenco y puso debajo otro mayor. Después sacó un trozo de arcilla que tapaba un agujero del cuenco superior, el mismo del que se había burlado Nim. Empezaron a caer gotas de agua, silenciosamente.

—¿Dor? —susurró Alli.

Él no levantó la vista.

—¿Dor?

Alli se abrazó a sus propias rodillas, pensando en qué sería de ellos. ¿Adónde irían? Bajó la cabeza y apretó los párpados.

Si alguien levantara acta de la historia, podría escribir que en el momento en que el hombre inventó el primer reloj del mundo su mujer estaba sola y lloraba en silencio mientras él seguía absorto en su recuento.

Aquella noche Dor y Alli se quedaron en la montaña.

Alli durmió. En cambio Dor hizo un esfuerzo por seguir despierto hasta la salida del sol. Vio que el color del cielo viraba del negro de la noche a un violeta oscuro, y de este a un azul arrebolado. Después fue como si todo se tiñera de blanco en un estallido de rayos de luz, mientras el círculo del sol despuntaba en el horizonte como la dorada pupila de un ojo que se abría.

Otro más sabio, se habría maravillado de la belleza del alba y habría dado gracias por poder presenciarla, pero lo que le interesaba a Dor no era el milagro del día, sino solo medir su duración. Al ver aparecer el sol separó el cuenco inferior del superior, que seguía goteando, buscó una piedra afilada y grabó una marca en la línea del agua.

Aquella era, concluyó, la medida entre la oscuridad y la luz: aquella cantidad de agua. En adelante ya no haría falta rezar para que volviera el dios del sol. Podrían usar ese reloj de agua, y cuando viera subir su nivel sabrían que se avecinaba el alba. Nim se equivocaba. No existía ninguna lucha divina entre el día y la noche. Dor los había aprisionado a ambos en un cuenco.

Vertió el agua.

Dios lo estaba mirando.

10

Sarah está nerviosa.

Corre escaleras abajo, con sus vaqueros negros aún calientes. Le está dando un ataque de pánico. Recuerda una noche de hace dos años, una de sus pocas salidas con un chico. La fiesta de fin del primer trimestre del instituto. Un chaval de su clase. Tenía las manos pegajosas, y un aliento con olor a galletas saladas. Se fue con sus amigos, y Sarah tuvo que llamar a su madre para que la recogiese.

Esto, se dice, es diferente. Aquel chico era raro. Este es un hombre; joven, pero un hombre. Tiene dieciocho años y es popular. Lo querría cualquier chica del instituto. ¡No hay más que ver su foto! ¡Y ha quedado con ella!

—¿A qué hora volverás? —pregunta Lorraine en el sofá, levantando la mirada.

Su copa de vino está casi vacía.

—Mamá, que es viernes.

—Solo te lo pregunto.

—No lo sé, ¿vale?

Lorraine se frota las sienes.

—Cariño, que no soy tu enemiga.

—No he dicho que lo seas.

Echa un vistazo a su móvil. No puede llegar tarde.

¡Las ocho y media! ¡Las ocho y media!

Arranca la chaqueta del armario.

Victor está nervioso.

Tamborilea con los dedos en el escritorio, esperando alguna novedad de Información. Se oye la voz de Grace por el interfono.

—Cariño, ¿tienes hambre?

—Puede que un poco.

—¿Te apetece sopa?

Victor mira por la ventana. Ese ático neoyorquino es una de las cinco casas de su propiedad. Las otras están en California, Hawái, los Hamptons y el centro de Londres. Desde que le diagnosticaron cáncer no ha estado en ninguna de las otras cuatro.

—Sí, una sopa está bien.

—Pues ahora te la llevo.

—Gracias.

Desde la enfermedad, Grace está más amable, más dulce y más paciente. Llevan cuarenta y cuatro años casados. Durante los últimos diez han sido más bien compañeros de piso.

Victor levanta el teléfono para saber cómo les va a los de Investigación, pero cuelga al ver entrar a Grace con la sopa.

11

DOR Y ALLI cargaron en un burro sus escasas pertenencias y se fueron a vivir al altiplano.

Decidieron que sus hijos estarían más seguros con la familia de Dor. Alli estaba destrozada. Obligó a Dor a desandar dos veces su camino solo para darles otro abrazo a los niños. Cuando su hija mayor preguntó «¿Ahora soy yo la madre?», Alli cayó llorando al suelo.

Su nueva morada era pequeña. Hecha de cañas atadas entre sí, no ofrecía mucha resistencia ni al viento ni a la lluvia. Solos, sin familia, se tenían el uno al otro, pero a nadie más. Cultivaban lo que podían, tenían ovejas y una sola cabra y racionaban el agua, que iban a buscar muy lejos, al gran río.

Dor seguía con sus mediciones, utilizando huesos, palos, el sol, la luna y las estrellas. Solo así se sentía productivo. Alli se volvió reservada. Una noche, Dor la vio abrazada a la manta de bebé de su hijo, con la vista en el suelo.

De vez en cuando el padre de Dor les traía comida —por insistencia de su esposa—, y en cada visita les hablaba de la torre de Nim, de la altura que había ganado, de que los ladrillos eran de madera de abeto y de que la arcilla de las juntas venía de las fuentes de Shinar.

Nim ya había subido a la cima para disparar una flecha, que cayó del cielo con la punta ensangrentada, dijo. Todos se inclinaban ante él, creyendo que había herido a los dioses. Pronto, al frente de sus mejores guerreros, llegaría a las nubes, derrotaría lo que allá encontrasen y gobernaría desde las alturas.

—Es un rey grande y poderoso —decía el padre de Dor.

Dor bajaba la vista. Nim era el causante de su exilio y de que no pudiera abrazar cada mañana a sus hijos. Pensó en cuando eran pequeños, y él, Nim y Alli corrían por las montañas. A sus ojos Nim solo era un hombre más, o mejor dicho un niño, siempre deseoso de ser el más fuerte.

—Gracias por la comida, padre.

12

—**Dor, tenemos visita.**

Alli se puso en pie. Una pareja de ancianos caminaba hacia ellos. Habían pasado muchas lunas desde el destierro —más de tres años, según nuestro calendario—, y cualquier compañía era más que bienvenida. Los saludó y les ofreció comida y agua, pese a no estar sobrada de nada.

Dor se enorgulleció de la bondad de su mujer, pero le preocupaba el mal aspecto de los visitantes. Tenían los ojos rojos y llorosos y manchas oscuras en la piel. Al quedarse a solas con Alli, le hizo una advertencia.

—No los toques. Tengo miedo de que estén enfermos.

—Están solos y son pobres —protestó ella—. No tienen a nadie más. Mostrémosles la misericordia que nos gustaría recibir a nosotros.

Les sirvió pastas y galletas de cebada, además de la poca leche de cabra que tenían, y escuchó su historia. También a ellos los habían echado de su pueblo, por miedo a que las manchas oscuras fueran indicio de alguna maldición. Ahora eran nómadas y vivían en una tienda hecha con pieles de cabra. Se desplazaban en busca de sustento, esperando el día de su muerte.

La anciana lo dijo entre lágrimas y Alli lloró con ella. Sabía lo que era quedarse sin un lugar en el mundo. Le tendió el pequeño cuenco para que pudiera dar un sorbo.

—Gracias —susurró la anciana.

—Bebe —dijo Alli.

—Eres tan buena...

Sus manos arrugadas temblaron al aproximarse a Alli para darle un abrazo. Alli acarició su mejilla con la nariz, y sintió que sus lágrimas se mezclaban con las de la mujer.

—Os deseo paz —dijo.

Cuando se fueron, Alli entregó con disimulo a la anciana un pellejo con las últimas pastas de cebada. Dor miró su cuenco-reloj de agua y vio que quedaba una medida del tamaño de una uña para que se pusiera el sol.

13

ANTES DE MEDIR **los años mides los días.**

Y antes de los días mides la luna. Así lo hizo Dor en el transcurso de su exilio, siguiendo cada fase: luna llena, media luna, cuarto menguante y sin luna. A diferencia del sol, que cada día tenía el mismo aspecto, la luna, tan cambiante, le ofrecía algo que contar. Agujereó tablas de arcilla hasta percibir constantes. Eran lo que los griegos llamarían más tarde «meses».

Asignó una piedra a cada luna llena, e hizo muescas en tablas para las lunas intermedias. Creó el primer calendario.

Sus días ya estaban contabilizados.

En la quinta muesca de la tercera piedra oyó toser a Alli.

Pronto su tos se hizo más dura, un pequeño estallido que echaba su cabeza hacia delante.

Al principio, Alli intentó seguir con su vida habitual, y realizar las tareas cotidianas en la casa de cañas, pero estaba tan debilitada que un día, mientras preparaba la comida, se cayó. Dor insistió en que se echase en una manta. Tenía gotas de sudor en las sienes y los ojos rojos y turbios. Dor vio una mancha en su cuello.

Interiormente estaba furioso. Él ya la había avisado de que no tocara a los visitantes. Ahora les habían transmitido su maldición. Lamentó que hubieran aparecido por allí.

—¿Qué hacemos? —preguntó Alli.

Dor le secó la frente con la manta. Sabía que lo preferible era buscar un *asu,* un curandero que pudiera proveer a Alli de raíces o de alguna crema que hiciera desaparecer la enfermedad, pero la ciudad quedaba demasiado lejos. ¿Cómo iba a dejarla sola? Allá arriba, en el altiplano, no había nadie más. Tenían pocas opciones.

—Duerme —susurró—, que pronto te curarás.

Alli asintió con la cabeza y cerró los ojos. No vio que Dor parpadeaba para no llorar.

14

Sᴀʀᴀʜ ʜᴀʙʟᴀ ᴄᴏɴ el tiempo. «Ve más despacio», le dice.

Sale de casa y camina por la calle. Se imagina al chico del pelo de color café. Se imagina el beso súbito y arrollador con el que la saludará.

Al girar la cabeza, ve encenderse una luz en el cuarto de su madre y acelera. Lorraine sería muy capaz de abrir la ventana y gritarle algo desde la otra punta de la calle. Como tantas chicas de su edad, Sarah se avergüenza enormemente de su madre. Habla demasiado y se maquilla demasiado. Se pasa el día corrigiéndola —«no vayas con los hombros tan caídos», «arréglate el pelo»—, salvo cuando critica al padre de Sarah, que ya no vive ni en el mismo estado que ellas, cuando habla con sus amigas: «Tom ha hecho tal, Tom se ha olvidado de cual, Tom ha vuelto a retrasarse en la pensión...». Antes la relación madre-hija era más estrecha, ahora la tónica es de incomprensión por ambos lados, como si se desconcertasen mutuamente. Sarah no habla de chicos con Lorraine. Claro que por el momento no ha habido mucho de que hablar...

¡Las ocho y media, las ocho y media!

Oye un pitido. Su móvil.

Se lo saca del bolsillo de la chaqueta.

Victor habla con el tiempo. «Ve más deprisa», le dice.

Ya ha pasado una hora y él está acostumbrado a respuestas rápidas. Tampoco ayuda mucho estar literalmente rodeado del tictac del tiempo. Sobre su escritorio hay un reloj de mesa. La pantalla del ordenador marca el paso de los segundos. Su móvil, su fijo, su impresora y su DVD tienen pantallas que indican la hora. En la pared hay una placa de madera con tres relojes con tres husos horarios distintos: Nueva York, Londres y Pekín, en representación de las principales sedes de una de sus empresas.

En total, en su estudio hay nueve indicadores de tiempo.

Suena el teléfono. Contesta.

—¿Diga?

—Le mando algo por fax.

—Muy bien.

Cuelga. En ese momento entra Grace.

—¿Quién era?

Victor dice una mentira.

—Nada, las reuniones de mañana.

—¿Tendrás que ir?

—¿Por qué no?

—No, es que pensaba...

Grace deja la frase a medias, asiente y se lleva los platos a la cocina.

Suena el fax. Victor se acerca, mientras empieza a salir el papel.

15

DOR ESTABA ECHADO en el suelo junto a su mujer. Las estrellas llenaban el cielo.

Alli llevaba varios días sin comer. Sudaba en abundancia, y a Dor le preocupaban sus dificultades para respirar.

No me dejes solo, por favor, rogó. No soportaría el mundo sin Alli. Se dio cuenta de cuánto dependía de ella, desde la mañana hasta la noche. Era su única interlocutora y su única sonrisa; quien preparaba su exigua comida y la servía siempre en primer lugar a él, aunque Dor insistiera en lo contrario. Al atardecer se apoyaban el uno en el otro, y por las noches Dor sentía que abrazarla era su último lazo con la humanidad.

Tenía sus mediciones del tiempo y la tenía a ella. No había nada más en su vida. Siempre había sido así, hasta donde alcanzaba su memoria: Dor y Alli, juntos desde niños.

—No quiero morirme —susurró ella.

—No te vas a morir.

—Quiero estar contigo.

—Ya lo estás.

Tosió sangre. Dor se la limpió.

—Dor...

—¿Qué, amor mío?

—Pide ayuda a los dioses.

Dor hizo lo que le pedía Alli. Pasó toda la noche en vela.

Rezó como nunca había rezado. Hasta entonces había depositado su fe en las medidas y los números, pero esta vez rogó a los más altos dioses —los que regían el sol y la luna— que lo detuviesen todo, mantuvieran el mundo a oscuras y dejaran que se derramase su reloj de agua. Así tendría tiempo de encontrar al *asu* que curase a su amada.

Se mecía, repitiendo en voz baja: «Por favor, por favor, por favor, por favor, por favor...». Y apretaba los ojos, porque sin saber por qué así eran más puras sus palabras. Sin embargo, al dejar que sus párpados se abriesen un poco vio lo que temía: el primer cambio de color del horizonte. Vio que el cuenco casi había llegado a la muesca del día. Vio que sus mediciones eran exactas, y aborreció su exactitud y maldijo sus conocimientos y a los dioses que le habían fallado.

Se arrodilló junto a su esposa, cuyo rostro y cabellos estaban empapados de sudor, y se agachó hasta que su piel y sus mejillas se tocaron. Mientras sus lágrimas se mezclaban con las de Alli, susurró: «Haré que ya no sufras. Lo pararé todo».

Al salir el sol ya no pudo despertarla.

Le frotó los hombros. Le empujó suavemente la barbilla.

—Alli —susurró—. Alli... esposa mía... abre los ojos.

Alli no se movía. Tenía la cabeza caída sobre la manta, y su respiración era muy débil. Dor sintió brotar en su interior un ataque de cólera, un aullido primigenio que nació en sus pies y subió hasta sus pulmones.

—Aaaaaaaaahhhhhhhh...

Su grito se perdió en el espacio vacío del altiplano.

Se levantó lentamente, como en trance.

Y empezó a correr.

Corrió toda la mañana, y siguió corriendo hasta después del sol de mediodía. Corrió con fuego en los pulmones hasta verla.

La torre de Nim.

Qué alta era... La punta se perdía entre las nubes. Dor se acercó a toda velocidad, obsesionado con su última esperanza. Había observado el tiempo, lo había seguido, medido, analizado, y ahora estaba resuelto a llegar al único lugar donde era posible cambiarlo.

El cielo.

Subiría a la torre y haría lo que no habían querido hacer los dioses.

Detener el tiempo.

La torre era una pirámide escalonada, con una escalera reservada al glorioso ascenso de Nim.

Nadie osaba poner el pie en ella. Había incluso hombres que bajaban la vista al pasar a su lado.

Por eso cuando Dor llegó a la base, llamó la atención de varios guardias, pero nadie intuyó lo que pensaba hacer. Antes de que pudieran reaccionar, Dor ya subía con todo su ímpetu por los peldaños exclusivos del rey. Los esclavos estaban perplejos. ¿Quién era aquel hombre? ¿Tenía permiso para estar donde estaba? Se gritaron entre ellos, y hubo varios que dejaron caer sus herramientas y ladrillos.

Rápidamente empezaron a subir, convencidos de que había empezado la carrera hacia el cielo. Los siguientes en trepar fueron los guardias. A ellos se sumó la gente más próxima a la base. El ansia de poder es combustible: pronto fueron miles los que escalaban la fachada de la torre. Se oía un rumor cada vez más intenso, un alarido de hombres violentos dispuestos a apoderarse de lo que no les pertenecía.

No está del todo claro qué pasó después.

Según cuenta la historia, la torre de Babel fue destruida, o bien abandonada, pero el hombre que se convertiría en el Padre Tiempo habría podido dar otro testimonio, ya que fue ese mismo día cuando quedó sellado su destino.

La edificación, plagada de gente, comenzó a vibrar. Los ladrillos estaban al rojo vivo. Se oyó una especie de trueno, y a continuación se fundió la base de la torre. La parte superior se incendió y la central quedó flotando en el aire, fue algo nunca visto por el ser humano. Quienes aspiraban a llegar hasta el cielo salieron lanzados por los aires como cuando se sacude la nieve de la rama de un árbol.

Y mientras tanto, Dor seguía subiendo hasta que fue el único que aún se aferraba a los escalones. Subió y subió a pesar del vértigo, del dolor, del agarrotamiento de sus piernas y de la opresión en su pecho. A cada paso se elevaba un poco más, rodeado por un torbellino de cuerpos. Vislumbraba brazos, codos, pies, cabezas...

Aquel día fueron miles los hombres que salieron despedidos de la torre, con sus lenguas retorcidas en múltiples idiomas. El egoísta plan de Nim fue destruido antes de que el rey pudiera lanzar otra flecha a los cielos.

Solo a un hombre se le permitió ascender a través de la niebla, un hombre que subió como si lo levantasen por los brazos y lo depositaran en el suelo de un lugar profundo, oscuro, cuya existencia nadie conocía, y que nadie encontraría jamás.

16

ESTO PASARÁ PRONTO.

Una ola empieza a romper en la playa, y un niño se eleva en su tabla de surf. Tensa los dedos de los pies y se desliza por la espuma.

La ola se detiene. Él también.

Esto pasará pronto.

Una peluquera aparta un gran mechón de pelo y desliza sus tijeras por debajo. Las cierra. Un crujido suave.

El pelo se desprende y cae al suelo.

Se queda a medio camino.

Esto pasará pronto.

En un museo de la Huttenstrasse de Düsseldorf, Alemania, un guardia de seguridad mira a un visitante de aspecto estrafalario. Es delgado, con el pelo largo. Se acerca a un grupo de relojes antiguos y abre una vitrina.

—No, *bi...* —le advierte el guardia, pero de pronto se siente relajado, nebuloso, ensimismado. Le parece ver que el hombre saca todos los relojes, los examina, los desmonta y los monta de nuevo, un proceso que debería tardar semanas.

Al salir de sus cavilaciones, el guardia termina la palabra:

— *...tte.*

Pero el hombre ya no está.

LA CUEVA

17

DOR SE DESPERTÓ en una cueva.

No había luz, pero él veía. Debajo de sus pies había bultos como piedras, y del techo colgaban puntas afiladas.

Se pasó las manos por los codos y rodillas. ¿Estaba vivo? ¿Cómo había llegado a aquel lugar? Con los dolores que había sufrido al escalar la torre, y ahora ya no le dolía nada. Tampoco le costaba respirar. Se tocó el pecho: en realidad apenas respiraba.

Se preguntó por un momento si aquella cueva era una de las moradas de los dioses. Después se acordó de los cuerpos arrojados de la torre, de la parte inferior derretida y de su promesa a Alli («haré que ya no sufras»), y cayó de rodillas. Había fracasado. No había conseguido invertir el paso de las horas. ¿Por qué la había dejado sola? ¿Por qué tanto correr?

Se tapó la cara con las manos y lloró. Filtrándose entre sus dedos, las lágrimas tiñeron el suelo de un azul iridiscente.

Sería difícil saber durante cuánto tiempo lloró Dor.

Finalmente, al levantar la mirada, vio que había alguien sentado frente a él: el mismo anciano a quien había visto en su niñez. Apoyando la barbilla en el cayado de madera dorada, observaba a Dor como contemplan los padres a sus hijos cuando duermen.

—¿Buscas poder? —preguntó.

Dor nunca había oído una voz como aquella: sorda, tenue, como si jamás se hubiera utilizado.

—Lo único que busco —susurró— es detener el sol y la luna.

—Ah —dijo el anciano—. ¿Y eso no es poder?

Tocó con el bastón las sandalias de Dor, que se desintegraron, dejándolo descalzo.

—¿Eres el dios máximo? —preguntó Dor.

—Solo soy su criado.

—¿Esto es la muerte?

—A ti te han dispensado de la muerte.

—¿Para que muera aquí?

—No. En esta cueva no envejecerás ni un solo instante.

Dor apartó la vista, avergonzado.

—No merezco ese don.

—No es ningún don —dijo el anciano.

Se levantó con el cayado al frente.

—Durante tus días en la Tierra empezaste algo, y ese algo cambiará a todos los que te sucedan.

Dor sacudió la cabeza.

—Te equivocas. Soy alguien sin importancia, un desterrado.

—Pocas veces el hombre conoce su poder —dijo el anciano.

Dio un golpe en el suelo. Dor parpadeó. Acababan de surgir ante sus ojos todas sus herramientas e instrumentos, sus cuencos, palos, piedras y tablas.

—¿Has dado a alguien alguna de estas cosas?

Dor se acordó del palo solar.

—Se lo llevaron —dijo.

—Ahora hay muchos más. Una vez que ha prendido este deseo, nunca cesará. Se hará mayor de lo que nunca hayas podido imaginar.

»Pronto el hombre contará todos sus días. Después irá pasando a otros segmentos más pequeños, cada vez menores, hasta que el recuento consuma al ser humano y se pierda el prodigio del mundo que le dieron.

Dio otro golpe de bastón. Las herramientas de Dor se convirtieron en polvo.

La mirada del anciano se volvió más penetrante.

—¿Por qué medías los días y las noches?

Dor apartó la vista.

—Para saber —respondió.

—¿Para saber?

—Sí.

—¿Y qué sabes... —preguntó el anciano— ...sobre el tiempo?

—¿El tiempo?

Dor sacudió la cabeza. Nunca había oído esa palabra. ¿Cuál sería la respuesta correcta?

El anciano extendió un dedo huesudo con el que hizo un movimiento giratorio. Las manchas de las lágrimas de Dor se unieron hasta formar un charco azul en el suelo de piedra.

—Aprende lo que ignoras —dijo el anciano—. Entiende las consecuencias de contar los momentos.

—¿Cómo? —preguntó Dor.

—Escuchando el sufrimiento que provoca.

Posó una mano en las manchas de lágrimas, que se licuaron y empezaron a brillar. En la superficie aparecieron pequeños hilos de humo.

Dor contemplaba confuso y abrumado el proceso. Él solo quería a Alli, pero Alli ya no estaba.

—Déjame morir, por favor —susurró con un nudo en la garganta—. No tengo ganas de seguir viviendo.

El anciano se levantó.

—No es a ti a quien pertenece la extensión de tus días. Eso también lo aprenderás.

Después juntó las manos, quedó reducido primero al tamaño de un niño y, luego, al de un bebé. Por último se alzó como una abeja cuando emprende el vuelo.

—¡Espera! —exclamó Dor—. ¿Hasta cuándo tendré que quedarme aquí dentro? ¿Cuándo volverás?

Lo que fue su interlocutor llegó al techo de la cueva y practicó en la roca una fisura de la que cayó una sola gota de agua.

—Cuando se junten cielo y tierra —dijo.

Y a continuación se evaporó.

18

SARAH LEMON ERA **muy buena en ciencias,**

pero más de una vez dudaba de que le sirviese para algo. En el instituto lo importante era la popularidad —basada principalmente en el aspecto físico—, y a Sarah, capaz de resolver un examen de biología en cuestión de minutos, le gustaba tan poco lo que veía en el espejo como, suponía, a los demás: ojos marrones demasiado separados, pelo crespo y ondulado, un hueco entre los dientes, las carnes fofas que no había acabado de perder desde que engordó después del divorcio de sus padres... Por arriba daba la talla, pero el trasero, según ella, lo tenía demasiado grande, y una de las amigas de su madre había dicho que «puede que acabe siendo guapa», cosa que ella no se había tomado como un cumplido.

Sarah Lemon, que acababa aquel curso el instituto, tenía diecisiete años, y la mayoría de los chicos la consideraban demasiado inteligente, o demasiado rara, o ambas cosas a la vez. En lo referente a los estudios no tenía problemas. Procuraba sentarse junto a la ventana para aburrirse menos, y tenía por costumbre dibujar en los cuadernos: autorretratos muy serios, que escondía con el codo a los demás.

Comía sola, volvía sola del instituto y la mayoría de las tardes las pasaba en casa con su madre, salvo cuando Lorraine tenía algún plan con las cotorras, a las que Sarah había agrupado bajo el nombre de «club de las divorciadas». En esos casos, cenaba sola delante del ordenador.

En notas era la tercera de su clase. Había solicitado plaza con mucha antelación en una universidad pública de la zona, la única que se podía permitir, y estaba a la espera de que le dijeran algo.

Por esa vía, la de la solicitud, había conocido a El Chico.

Se llamaba Ethan.

Alto, huesudo, con ojos de dormido y pelo de color café, también estaba en último curso. Caía bien a todo el mundo, y andada siempre rodeado de amistades de ambos sexos. Pertenecía al equipo de atletismo y tocaba música en un grupo. En la astronomía de la vida de instituto, Sarah jamás habría entrado en su órbita.

Pero los sábados Ethan descargaba camiones en un comedor para indigentes, el mismo donde Sarah trabajaba como voluntaria porque uno de los requisitos para ingresar en la universidad de su elección era hacer un trabajo sobre «una experiencia comunitaria que te haya marcado». Para que el trabajo fuera algo vívido, y como en ese aspecto su experiencia era nula, se había presentado voluntaria al comedor, que la había aceptado con mucho gusto. A decir verdad pasaba casi todo el tiempo en la cocina, echando copos de avena en cuencos de plástico, por vergüenza a verse entre los indigentes. ¿Una chica de un barrio bien con parka de plumas y un iPhone? ¿Qué podría decirles, aparte de «perdón»?

Y llegó Ethan. Sarah ya lo vio el primer día, al lado del camión; el tío de Ethan tenía una empresa de alimentación. También él se fijó en ella, la única persona de su edad.

—¡Eh, hola! —le dijo cuando dejaba una caja en la encimera.

Para Sarah aquellas palabras eran un recuerdo muy preciado. «¡Eh, hola!», lo primero que le había dicho Ethan. Ahora hablaban cada semana. Un día Sarah le ofreció un paquete de galletas de la alacena, unas de mantequilla de cacahuete, y él contestó: «No, que no les quiero quitar comida». Le pareció un gesto muy bonito, incluso noble.

Empezaba a pensar que Ethan era su destino, como suele pasarles a las chicas con los chicos. Fuera del instituto, y de sus reglas tácitas sobre quién podía hablar con quién, Sarah tenía más seguridad, iba menos encorvada, cambiaba las camisetas de lemas combativos por tops más femeninos y escotados y se ruborizaba al oír que él le decía:

—Estás hecha una monada, Limonada.

Después de unas semanas se atrevió a pensar que Ethan sentía lo mismo que ella,

y que su coincidencia en un lugar tan improbable no era debida a la casualidad. Sarah, que sabía del destino por sus lecturas del *Zadig o El destino*, de Voltaire, y de *El alquimista*, pensó que también en aquel caso había jugado su papel. Una semana antes, en un acto de valentía, le preguntó a Ethan si le apetecía que hicieran algo juntos.

—Ah, vale, pues igual el viernes —le dijo.

Ya era viernes. *¡Las ocho y media, las ocho y media!* Procuró serenarse, consciente de que no le convenía ponerse demasiado nerviosa por un chico. Pero Ethan era diferente: Ethan le rompía los esquemas.

Con su camiseta rojo frambuesa, sus vaqueros negros y sus tacones, solo estaba a dos manzanas del momento decisivo cuando su móvil empezó a hacer «tararíí», señal de que tenía un mensaje.

Su corazón dio un salto.

Era de Ethan.

19

S<small>EGÚN UNA CONOCIDA</small> **revista económica, Victor Delamonte era el decimocuarto hombre más rico del mundo.**

La foto del artículo era un viejo retrato en el que Victor,
con su cara rubicunda apoyada en la muñeca, levantaba
los carrillos con una sonrisa pensativa. El texto hacía constar que «este magnate de los *hedge funds,* reservado y de
cejas pobladas», era hijo único, de origen francés, que había
triunfado por todo lo alto en América, por lo cual encar-
naba el viejo tópico del inmigrante que logra prosperar.

Dado que Victor, contrario a cualquier tipo de publicidad, no había querido dejarse entrevistar por la revista,
faltaban algunos detalles de su infancia, entre ellos el siguiente: a los nueve años se había quedado huérfano de
padre, que murió como consecuencia de una pelea en una
taberna portuaria. Pocos días después su madre salía de
casa sin nada encima salvo un camisón de color crema y se
tiraba de un puente.

Victor se había quedado sin padre ni madre en menos
de una semana.

Lo metieron en un barco con rumbo a Estados Unidos,
para que lo acogiera un tío. Todos pensaron que sería mejor que viviera en un país sin tantos fantasmas. Más tarde,
atribuiría su filosofía económica a aquel viaje, durante el
cual unos gamberros echaron por la borda su única bolsa

de comida —tres rebanadas de pan, cuatro manzanas y seis patatas que le había puesto su abuela—. Por la noche lloró, pero decía que la pérdida le había enseñado algo muy importante: aferrarse a lo material «solo sirve para ser un desgraciado».

Por eso evitaba cualquier compromiso, cosa que le fue de gran utilidad durante su ascenso económico. En Brooklyn, durante los años de instituto, empleó los ahorros de sus trabajos veraniegos en comprar dos *flippers* e instalarlos en dos bares del barrio. Ocho meses después los vendió e invirtió los beneficios en tres dispensadores de caramelos, que vendió a su vez para comprar cinco máquinas de cigarrillos; y así, entre compras, ventas y reinversiones, al salir del instituto ya tenía una empresa de *vending*. No tardó mucho en adquirir una gasolinera. De ahí pasó al negocio del petróleo, en el que una larga serie de compras de refinerías en el momento oportuno lo puso a salvo de cualquier posible privación.

Sus primeros diez mil dólares los entregó al tío americano que lo había criado. El resto lo reinvirtió. Compró concesionarios de coches, terrenos y, más adelante, bancos: primero uno pequeño, en Wisconsin, y después varios más. Su cartera de negocios se multiplicaba. Puso en marcha un fondo de inversiones, a disposición de todo aquel que deseara acompañarlo en su estrategia comercial, y con el paso de los años se había convertido en uno de los fondos mejor valorados, y más codiciados, del mundo.

A Grace la conoció en un ascensor en 1965.

Tenía cuarenta años, y ella treinta y uno. Trabajaba de contable en su empresa. Llevaba un vestido estampado que enseñaba el escote lo justo, una chaqueta blanca ligera, un collar de perlas y el pelo —rubio claro— cardado. Guapa pero práctica: eso a Victor le gustó. Cuando se cerró el ascensor, la saludó con la cabeza. Ella miró el suelo, cohibida por estar tan cerca de su jefe.

Victor le propuso salir por un correo interno. Fueron a cenar a un club privado y estuvieron hablando varias horas. Victor se enteró de que Grace había estado casada —se casó nada más acabar el instituto— y de que su marido había muerto en la guerra de Corea. A partir de entonces, se refugió en el trabajo, algo que Victor comprendía muy bien.

Fueron al río en limusina. Pasearon bajo el puente, y el primer beso se lo dieron en un banco con vistas a Brooklyn.

Diez meses después de su encuentro en el ascensor se casaron en presencia de cuatrocientos invitados: veintiséis por parte de Grace y, el resto, socios y colaboradores de Victor.

Al principio hacían muchas cosas juntos: jugar al tenis, ir a museos, viajar a Palm Beach, Buenos Aires, Roma... Pero sus actividades en común fueron menguando a la vez que se multiplicaban los negocios de Victor. Él empezó a hacer viajes por su cuenta, a aprovechar los vuelos para trabajar y a seguir trabajando una vez llegaba a su destino. Dejaron de jugar al tenis. Apenas visitaban museos. Tampoco tuvieron hijos, algo que a Grace le entristecía. Con los años, se lo dijo a Victor. Era uno de los temas que lastraban sus conversaciones.

El paso del tiempo fue minando su matrimonio. A Grace le dolía la impaciencia de Victor, su tendencia a corregir a los demás, que leyera durante las comidas y que siempre estuviera dispuesto a interrumpir lo que fuera por una llamada de negocios. Él se mostraba despectivo con las pequeñas reprimendas de ella, y se quejaba por el tiempo que tardaba siempre en arreglarse, mientras él miraba y remiraba su reloj. Por la mañana tomaban juntos el café, y alguna que otra noche salían a cenar, pero a medida que pasaban los años, y que en torno a los dos se acumulaban como fichas de póker las riquezas —casas, aviones privados... , la vida conyugal empezó a convertirse en una obligación. La esposa desempeñaba su papel y el marido el suyo. Así había sido hasta hace poco, hasta el momento en el que para Victor un gran tema había eclipsado a los demás:

La muerte.

Y cómo evitarla.

Cuatro días después de cumplir ochenta y seis años, Victor fue a ver a un oncólogo del hospital de Nueva York

que confirmó la presencia de un tumor del tamaño de una pelota de golf cerca del hígado.

Victor se informó de todos los tratamientos posibles. Siempre había temido que su éxito se viera puesto en jaque por algún problema de salud, así que no reparó en gastos para probar los posibles tratamientos. Hizo viajes en avión para ver a múltiples especialistas y formó un equipo de asesores en salud. Aun así, transcurrido casi un año, los resultados no eran positivos. Horas antes había ido a ver al jefe del equipo médico con Grace. Ella intentó preguntar algo, pero se le habían atascado las palabras.

—Lo que quiere preguntar Grace —había dicho Victor— es cuánto tiempo me queda.

—Siendo optimistas —había respondido el médico—, un par de meses.

La muerte iba a por él.

Pero a la muerte le esperaba una sorpresa.

20

LA PRIMERA VOZ **dijo «que siga».**

—¿Quién es? —exclamó Dor.

Desde la desaparición del viejo no hacía más que intentar encontrar una salida. Buscaba pasadizos, aporreaba la roca kárstica de las paredes... Fue a agacharse hacia el charco de lágrimas, pero el charco lo repelió con aire, como si un millón de alientos se elevasen desde el fondo.

Y ahora era una voz.

«Que siga.»

Dor solo vio unos hilos de humo blanco en la superficie del charco y un resplandor turquesa.

—¡Déjate ver!

Nada.

—¡Contesta!

Otra vez las mismas dos palabras: una tenue oración, casi inaudible, un murmullo que ascendía flotando en la caverna.

«Que siga.»

«¿Que siga el qué?», se preguntó de cuclillas en el suelo, mientras contemplaba el agua incandescente con la desesperación de quien empieza a resentirse de la soledad y anhela hablar con otra persona.

La segunda era una voz de mujer, que dijo «más».

La tercera era de niño, y dijo lo mismo. La cuarta —cada vez se sucedían más deprisa— hizo referencia al sol. La quinta habló de la luna. La sexta repetía susurrando «más, más», mientras que la séptima dijo «un día más», y la octava suplicó: «que dure, que dure».

Dor se acarició la barba, tan despeinada como el pelo. A pesar del aislamiento, su cuerpo funcionaba con normalidad. Se alimentaba sin comida. Reposaba sin dormir. Podía caminar por dentro de la cueva, o mojarse los dedos con las gotas de agua que caían lentamente de la grieta.

Pero no podía huir de las voces del charco luminoso, que pedían y pedían: siempre días, noches, soles, lunas, y más tarde horas, meses, años. Aunque Dor se tapara las orejas, seguían llegando con la misma fuerza.

Y así fue como Dor, sin saberlo, empezó a cumplir su condena:

oír todos los ruegos de todas las almas que deseaban más de lo que él había identificado antes que nadie, lo que impulsaba al ser humano más allá de la simple luz de la existencia, envolviéndolo en la oscuridad de sus propias obsesiones.

Tiempo.

Al parecer pasaba demasiado rápido, para todos excepto para él.

21

SARAH LEYÓ EL **mensaje de Ethan en su móvil**

y se le cayó el alma a los pies.

«Kdmos la semana k viene? Es k esta noxe me a salido 1 cosa. Ns vms en el comedor, OK?»

Se le doblaron las rodillas como a una marioneta al soltarle los hilos.

—¡No! —gritó—. La semana que viene no. ¡Ahora! ¡Ya habíamos quedado! ¡Si hasta me he maquillado!

Quería hacer cambiar de planes a Ethan, pero los mensajes de móvil exigían respuesta, y si tardaba demasiado él podía pensar que estaba enfadada.

Así que en vez de decir que no, escribió: «No pasa nada».

Y añadió: «Nos vemos en el comedor».

Y algo más: «K te diviertas».

Pulsó el botón de envío y se fijó en la hora: las 20.22.

Apoyándose en una señal de tráfico, intentó decirse que no era culpa suya, que Ethan no se había rajado porque fuera demasiado empollona, o estuviera demasiado gorda, o hablara demasiado, ni nada por el estilo. Tenía otro compromiso. Podía pasar, ¿no?

¿Y ahora qué?, se preguntó.

La noche era un cráter vacío. A casa no podía volver, al menos hasta que su madre estuviera dormida. No había explicación posible para una salida de cinco minutos con tacones.

Así que se arrastró hasta un bar, pidió un cortado con chocolate y un bollo de canela y se sentó en una mesa del fondo.

—¿Las ocho y veintidós? —se dijo—. ¡Si es que...!

Por dentro, sin embargo, ya contaba los días que faltaban para la semana siguiente.

22

VICTOR SIEMPRE HABÍA tenido la capacidad de ver los problemas, detectar sus puntos débiles y aprovecharlos.

Empresas en quiebra. Desregulación. Oscilaciones del mercado. Siempre había una clave oculta que se les pasaba por alto a los demás.

Ese fue también el enfoque que adoptó con la muerte.

Al principio había optado por los medios convencionales de lucha contra el cáncer: la cirugía, la radioterapia, la quimioterapia, que lo debilitaba y le hacía vomitar... Es verdad que frenaron algo el crecimiento del tumor, pero desgastaron sus riñones hasta el punto de tener que hacer diálisis tres veces por semana, proceso que solo soportaba en compañía de su principal ayudante, Roger, cuya presencia constante le permitía dictar mensajes y estar al corriente de sus negocios. Se negaba a perder un solo minuto de la jornada laboral. Miraba constantemente su reloj, mascullando: «Venga, venga». Lo irritaba no poder moverse. ¿Conectarlo a una máquina para limpiar su sangre de residuos? ¿Era digno de un hombre como él?

Lo soportó hasta que ya no pudo más. Los hombres como Victor siempre se fijan en las conclusiones, y al cabo de un año se dio cuenta de cuál era la conclusión en aquel caso:

No podía vencer.

Al menos no por la vía convencional. Ya lo habían intentado demasiados antes que él. Esperar un milagro era una mala apuesta.

Y Victor nunca apostaba a caballo perdedor.

Así que ya no pensó en la enfermedad, sino en el tiempo, que se le acababa. Aquel era el auténtico problema.

Como otros hombres dotados de un poder enorme, Victor no se imaginaba el mundo sin él. Casi se sentía obligado a permanecer con vida. El cáncer era un tropiezo, pero el verdadero obstáculo era la mortalidad humana.

¿Cómo podía resolverlo?

El resquicio, finalmente, lo encontró cuando un investigador de la oficina de la Costa Oeste mandó un fax de varias páginas en respuesta a sus consultas sobre la «inmortalidad», con información sobre la criónica.

Criónica.

Conservación de los seres humanos con vistas a su posterior reanimación.

Congelarse.

Una vez leído el fax, respiró satisfecho por primera vez en varios meses.

A la muerte no podía derrotarla.

Pero quizá pudiera durar más que ella.

23

El charco de voces estaba formado por las lágrimas de Dor,

pero él solo fue el primero que lloró. A medida que la humanidad se obsesionaba con sus horas, la tristeza por el tiempo perdido se convirtió en un agujero permanente en el corazón humano. La gente se agobiaba por haber perdido una oportunidad, o por no haber tenido bastantes días; se preocupaba constantemente por cuánto viviría, porque contar los momentos de la vida había desembocado inevitablemente en calcular cuántos quedaban.

Pronto el tiempo pasó a ser el más preciado bien en todos los países y en todas las lenguas; y en la cueva de Dor, desear más tiempo se convirtió en un coro incesante.

Más tiempo. Una hija que toma la mano de su madre enferma. Un jinete que se afana por llegar antes de que se ponga el sol. Un granjero en pugna con una cosecha tardía. Un estudiante inclinado sobre montañas de papeles.

Más tiempo. Un hombre con resaca que da un manotazo a su despertador. Un oficinista exhausto, rodeado de informes. Un mecánico debajo del capó, mientras sus clientes se impacientan.

Más tiempo. Era el flagelo de la vida de Dor, lo único que oía, millones de voces que lo rodeaban como una enorme nube de mosquitos. Pese a haber vivido en una época en la que solo existía un idioma en el mundo, se le concedió el don de lenguas, y solo por la cantidad de estas últimas ya sospechaba que la Tierra se había convertido en un lugar muy poblado, y que la humanidad no se limitaba ni mucho menos a cazar o construir; trabajaba, viajaba, guerreaba, se desesperaba...

Y siempre le faltaba tiempo. Suplicaba al cielo que alargase las horas. Era una voracidad ilimitada. Las peticiones se sucedían sin descanso.

Hasta que poco a poco Dor empezó a lamentar lo que antaño lo había consumido.

No comprendía la finalidad de aquella lenta tortura. Maldecía el día en que había empezado a numerar sus dedos. Maldecía los cuencos y los palos solares y todos los momentos lejos de Alli cuando podría haber estado junto a ella, escuchando su voz mientras juntaban sus cabezas.

Pero lo que más maldecía era que, a diferencia del resto de los hombres, que acababan muriendo y cumpliendo su destino, él por lo visto viviría para siempre.

EL INTERLUDIO

24

POR LA MAÑANA, al ver a Ethan, Sarah estuvo de lo más normal.

Al menos lo intentó. Él llevaba una sudadera con capucha, unos vaqueros rotos y unas Nike. Dejó varias cajas de pasta y zumo de manzana en la encimera.

—¿Qué te cuentas, Limonada?

—Pues no gran cosa —dijo ella, a la vez que servía copos de avena con el cucharón.

Mientras Ethan abría las cajas, Sarah lo miró unas cuantas veces de reojo con la esperanza de encontrar alguna pista sobre el motivo de la cancelación de la cita. Quería que lo mencionase él, en ningún caso lo haría ella, pero Ethan se limitó a descargar la comida con su laconismo habitual, silbando una melodía de rock.

—Muy buena esa canción —dijo ella.

—Sí.

Continuó silbando.

—Oye, ¿ayer por la noche qué pasó?

Oh, no... ¿Cómo podía haberlo dicho? ¿Cómo? ¡Pero qué tonta, qué tonta!

—Pero que da igual, ¿eh? —intentó añadir.

—Ya, ya, perdona que no pudiera...

—No, si...

—Se me juntaron varias...

73

—Tranqui.

Ethan aplastó las cajas vacías y las metió en unos cubos de basura enormes.

—Bueno, ya tienes para ir tirando —anunció.

—Ni que lo digas.

—Hasta la semana que viene, Limonada.

Se fue como siempre, con las manos dentro de los bolsillos, sin apoyar los talones en el suelo. ¿Ya está?, pensó ella. ¿Qué había querido decir con «la semana que viene»? ¿El viernes por la noche o el sábado por la mañana? ¿Por qué no se lo había preguntado? ¿Por qué siempre le tocaba preguntar a ella?

Un indigente con una gorra azul se acercó a la ventana para recibir su avena.

—¿Hay más plátanos? —preguntó.

Sarah llenó su cuenco. Cada semana preguntaba lo mismo.

—Gracias —dijo él.

—No hay de qué —masculló ella.

Después, con un trozo de papel de cocina secó la última botella de zumo de manzana que había descargado Ethan. Estaba mojada porque se había aflojado el tapón.

—¿Allá dentro? —preguntó Victor, señalando con el dedo.

—Sí —dijo el hombre.

Se llamaba Jed y dirigía el centro de criónica.

Victor miró los enormes cilindros de fibra de vidrio. Eran redondos y gruesos, de unos tres metros y medio de altura y un color como el de la nieve espesa.

—¿Cuánta gente cabe en cada uno?

—Seis.

—¿Y ahora están dentro, congelados?

—Sí.

—¿Cómo están... colocados?

—Cabeza abajo.

—¿Por qué?

—Por si pasara algo en la parte de arriba. Lo más importante es proteger la cabeza.

Victor aferró su bastón, tratando de disimular sus emociones. Acostumbrado como estaba a recepciones elegantes y oficinas con vistas, le daba grima el aspecto de aquella instalación. Emplazado en un polígono industrial cualquiera del extrarradio neoyorquino, era un edificio de ladrillo de una sola planta con una zona de carga y descarga en uno de sus laterales.

Tampoco el interior impresionaba mucho. Algunas salas en la parte delantera, un laboratorio donde los cuerpos iniciaban el proceso de congelación y una nave sin tabicar con los cilindros adosados: seis personas por unidad, como si fuera un cementerio cubierto y con suelo de linóleo.

Victor había insistido en visitarlo el día después de recibir los informes. No había dormido en toda la noche; tampoco se había tomado los somníferos, ni había prestado atención a los dolores de estómago y de espalda, absorto como estaba en releerlo todo. Aunque en términos científicos la criónica fuera relativamente nueva —la primera congelación criogénica de una persona se había producido en 1972—, no se basaba en un razonamiento ilógico: congelar el cuerpo muerto, esperar los avances de la ciencia, descongelar el cuerpo, reanimarlo y curarlo.

La parte más difícil sería la última, naturalmente, pero con lo rápido que había progresado siempre a lo largo de su vida, pensaba Victor... Dos de sus primos habían muerto de niños, uno de tifus y el otro de tos ferina. Actualmente habrían sobrevivido. Las cosas cambiaban. «No te apegues demasiado a nada», se recordó. Tampoco a lo que se daba por supuesto.

—¿Qué es eso? —preguntó.

Cerca de los cilindros había una caja de madera blanca dividida en secciones numeradas, con ramos de flores.

—Es para cuando vienen de visita los parientes —explicó Jed—. Cada número corresponde a una persona del cilindro. Las visitas se sientan allí.

Señaló un sofá de color mostaza pegado a una pared. Victor trató de imaginarse a Grace en un sofá de tan mala calidad, y al pensarlo se dio cuenta de que sería incapaz de explicarle su idea.

Grace no lo aceptaría. Imposible. Era una persona religiosa, practicante, que no creía en poder cambiar el destino, y Victor no pensaba discutir con ella.

Tomó nota mentalmente: ni visitas ni flores. Y pagar lo que costase tener un cilindro para él solo.

Si debía esperar siglos para renacer, lo haría solo.

26

Todas las cuevas empiezan por la lluvia.

El agua se mezcla con el gas y al acidificarse erosiona las piedras hasta que las pequeñas fisuras se convierten en brechas. A largo plazo, transcurridos muchos miles de años, las brechas pueden crear una abertura lo bastante grande como para que quepa una persona.

La cueva de Dor también era fruto del tiempo. Pero ahora, dentro había un nuevo reloj. En el techo, en la fisura dejada por el viejo, el goteo del agua iba formando una estalactita.

Y al caer en el suelo, las gotas de la estalactita levantaban una estalagmita.

Con el paso de los siglos empezaron a acercarse las dos puntas, como atraídas por unos imanes. Lo hacían tan despacio, sin embargo, que Dor no se había dado cuenta.

En otros tiempos Dor se sentía orgulloso de medir el tiempo con agua, pero todo lo que inventa el ser humano lo ha creado Dios antes.

Dor vivía dentro del mayor reloj de agua que había existido nunca.

Él nunca lo pensó. De hecho ya no pensaba.

Tampoco se movía, ni se levantaba. Con la barbilla entre las dos manos, permanecía inmóvil entre un coro de voces ensordecedoras.

A ningún hombre salvo a Dor le había sido concedido existir sin envejecer, sin gastar uno solo de los alientos contados de su vida. Por dentro, sin embargo, era una ruina. No es lo mismo no envejecer que vivir. Desprovista de contacto humano, su alma se había secado.

Mientras las voces de la Tierra aumentaban de forma exponencial, Dor las oía sin diferenciarlas, como se oyen caer las gotas de la lluvia. La inactividad entorpeció su mente. Su pelo y barba crecieron hasta extremos caricaturescos, al igual que las uñas de sus manos y sus pies. Perdió toda noción de su aspecto. No había visto su imagen desde los tiempos en los que se miraba con Alli en el gran río y ambos sonreían a sus reflejos.

Anhelaba fervientemente no perder ningún recuerdo. Con los ojos muy cerrados, rememoraba hasta el último detalle. Finalmente, en un momento cualquiera de su purgatorio, se sacudió el letargo de su oscuridad, afiló el canto de una piedra y empezó a dibujar en las paredes.

Durante su estancia en la Tierra, ya había hecho grabados,

pero siempre para registrar el tiempo, contar y marcar lunas y soles: las primeras matemáticas del mundo.

Lo que grababa ahora era distinto. Empezó por tres círculos, para acordarse de sus hijos, y les puso nombres. Después grabó un cuarto de luna para recordar la noche en que le había dicho a Alli: «Eres mi esposa». Grabó una forma rectangular en recuerdo de la primera casa donde habían vivido juntos —la casa de adobe del padre de Dor— y otra más pequeña como símbolo de la cabaña de juncos.

Dibujó también un ojo, como recordatorio de las penetrantes miradas de Alli. Dibujó líneas onduladas que aludían a su larga y oscura melena, a la serenidad que se sentía al inhalar su aroma.

Y siempre dibujaba hablando en voz alta.

Hacía lo que hacen los seres humanos a quienes no les queda nada:

Contarse a sí mismo la historia de su vida.

LORRAINE SABÍA QUE había un chico.

Si no, ¿por qué se habría puesto Sarah unos tacones? Esperó que no hubiera elegido a un imbécil como su padre.

Grace sabía que Victor estaba muy disgustado.

Su marido odiaba perder, y a Grace le daba pena que su último combate contra una enfermedad incurable tuviera un único final posible: la derrota.

Lorraine oyó que se abría la puerta de la calle y que Sarah subía a su cuarto sin decirle nada.

Ahora la vida entre las dos era así: vivían juntas pero separadas.

Lo era desde hacía pocos años. En octavo, durante una clase de gimnasia, una niña de la clase de Sarah se había puesto una pelota de voleibol por debajo de la camiseta y había dicho a un grupo de niños, sin darse cuenta de que Sarah podía oírla: «Eh, soy Sarah Lemon. ¿Me dais vuestras patatas fritas?». Sarah, hecha un mar de lágrimas, se fue corriendo a su casa para echarse en brazos de Lorraine, que le había acariciado el pelo, diciendo: «Tendrían que expulsarlos a todos».

Echaba de menos consolarla. Echaba de menos el apoyo que se prestaban mutuamente. Al oír sus pasos en el piso de arriba, pensó en hablar con ella, pero siempre tenía la puerta cerrada.

Grace oyó llegar a Victor.

—Ya está aquí, Ruth —dijo por teléfono—. Te llamaré más tarde.

Fue a la puerta y le quitó el abrigo.

—¿Dónde has estado?

—En la oficina.

—¿Tenías que ir? ¿Un sábado?

—Sí.

Victor se fue por el pasillo. Aún usaba el bastón. Grace no le preguntó por la carpeta que llevaba bajo el brazo.

—¿Quieres un té? —fue lo que dijo.

—No, ahora no.

—¿Algo de comer?

—Tampoco.

Aún se acordaba de cuando Victor le daba un beso en la puerta, la levantaba unos centímetros del suelo y le preguntaba, mimoso: «¿Este fin de semana adónde quieres ir? ¿A Londres? ¿A París?». Una vez, en el balcón de una casa en la playa, Grace había dicho que le habría gustado conocerlo en otra vida, y él había respondido:

—Ya lo compensaremos. Viviremos mucho tiempo juntos.

Recordar momentos como aquellos le hacía decirse que la situación reclamaba paciencia, mucha compasión. No podía imaginar lo que sentía Victor: ver que se le acababan los días, que se acercaba la muerte... Por muy cascarrabias y distante que lo viera, estaba decidida a que el poco tiempo que les quedaba fuera más parecido al principio de su convivencia que a esa etapa intermedia, larga y gris.

No supo que Victor pensaba en otra vida muy distinta al meterse en su estudio.

28

LA HUMANIDAD, INCLUSO en sueños, está unida por lazos que no entiende.

De la misma manera que Dor oía voces de almas que no podía ver, de vez en cuando un hombre o una mujer veían su imagen desde el otro lado.

En un retrato de Isabel I de Inglaterra del siglo XVII aparece un esqueleto tras uno de los hombros de la reina, y un anciano barbudo sobresale por encima del otro. El esqueleto representa a la muerte, pero el misterioso personaje barbado es un símbolo del tiempo que, según el artista, se le apareció en sueños.

También en un grabado del siglo XIX aparece un hombre con barba. En este caso tiene en brazos a un bebé que simboliza el Año Nuevo. Se desconoce el porqué de la elección de esta imagen por parte del artista, que al igual que el anterior explicó a sus colegas que lo había visto en sueños.

En 1898 se moldeó una figura en bronce más robusta, también barbuda, pero en cueros y en buen estado físico, con una guadaña y un reloj de arena. La identidad del modelo del personaje barbudo, que preside un reloj gigante en una rotonda, es un misterio.

Lo llamaban «el Padre Tiempo».

Y el Padre Tiempo está sentado en una cueva.

Sostiene la cabeza entre las manos.

Así ha empezado nuestra historia. Desde aquellos tres niños que corrían por las montañas hemos llegado a este espacio solitario, este hombre barbudo, este charco de voces y esta estalactita a un solo milímetro de la estalagmita.

Sarah está en su cuarto. Victor en su estudio.

Es este momento. Exactamente ahora.

Nuestro momento en la Tierra.

Y el de la libertad de Dor.

LA CAÍDA

—¿QUÉ SABES SOBRE el tiempo?

Dor miró hacia arriba.

El anciano había vuelto.

Según nuestro calendario habían pasado seis mil años. Dor se quedó boquiabierto ante la sorpresa. Quiso hablar, pero no le salió ningún sonido. Su cerebro había olvidado el camino de la voz.

El viejo se paseó en silencio por la cueva, examinando con gran interés las paredes, cubiertas por todos los símbolos imaginables: un círculo, un cuadrado, un óvalo, un rectángulo, una línea, una nube, un ojo, unos labios... Un emblema para cada instante guardado en la memoria de Dor. *Esto es cuando Alli tiró la piedra... Esto es cuando fuimos al gran río... Esto es cuando nació nuestro hijo...*

El último símbolo estaba abajo, en una esquina, y tenía la forma de una lágrima, eterno recordatorio para Dor del momento en el que Alli agonizaba encima de la manta.

El final de su historia.

O eso creía.

El anciano se agachó y tendió una mano.

Tocó la lágrima grabada, que se convirtió en una lágrima real sobre su dedo.

Después se acercó al punto en que la estalactita y la estalagmita estaban casi juntas, tan solo las separaba el grosor de una cuchilla. Colocó la lágrima entre las dos y observó cómo se convertía en piedra, uniendo ambas formaciones. Ya eran una sola columna.

Se juntan cielo y tierra.

Como había prometido.

Dor sintió que de pronto se alzaba del suelo como si unos hilos tirasen de él.

Todos los dibujos que había grabado en la pared se despegaron de ella y comenzaron a moverse por la cueva como aves migratorias. Después se unieron en el aire, formando un pequeño anillo alrededor del fino cuello que unía las dos formaciones de piedra.

En ese momento, la estalactita y la estalagmita cristalizaron y se convirtieron en dos superficies lisas y transparentes, que empezaron a transformarse en dos ampollas hasta dar forma a un reloj de arena gigante.

Dentro había arena, del color más blanco que hubiera visto Dor y tan fina que era casi líquida; y aunque se fuera derramando desde la ampolla superior a la inferior, la cantidad de arena de ambas no aumentaba ni disminuía.

—Aquí dentro están todos los momentos del universo —dijo el viejo—. Tú quisiste controlar el tiempo. Se te ha concedido como penitencia tu deseo.

Tocó con su cayado el reloj, en el que se formaron una base y un tejadillo de oro, con dos columnas salomónicas. Después el reloj redujo su tamaño hasta posarse en la parte interior de uno de los codos de Dor.

Tenía el tiempo en sus manos.

—Y ahora ve —dijo el anciano—. Vuelve al mundo. Tu viaje aún no ha terminado.

Dor lo miraba inexpresivo.

Sus hombros se encorvaron. En otros tiempos habría echado a correr a la primera insinuación, pero su corazón ahora estaba hueco. Ya no quería salir. Alli no estaba y nunca volvería; era una lágrima en el muro de una cueva. ¿De qué podía servirle ya la vida, o un reloj de arena?

Extrajo un sonido de su pecho, y finalmente emitió un débil susurro.

—Es demasiado tarde.

El viejo sacudió la cabeza.

—Nunca es demasiado tarde o demasiado pronto. Es cuando tiene que ser.

Sonrió.

—Hay un plan, Dor.

Dor parpadeó. Era la primera vez que el anciano lo llamaba por su nombre.

—Vuelve al mundo. Presencia cómo cuenta el ser humano sus momentos.

—¿Por qué?

—Porque lo empezaste tú. Eres el padre del tiempo terrenal. Sin embargo, aún hay algo que no entiendes.

Dor tocó su barba, que llegaba a la cintura. Ningún otro hombre podía haber vivido tanto como él. ¿Por qué no lo abandonaba ya la vida?

—Marcabas los minutos —dijo el viejo—, pero ¿los usabas con sabiduría? ¿Para estar en silencio? ¿Y valorar las cosas? ¿Y estar agradecido? ¿Para elevar y ser elevado?

Dor bajó la vista. Sabía que la respuesta era no.

—¿Qué tengo que hacer? —preguntó.

—Encontrar en la Tierra a dos almas: una que quiera demasiado tiempo y otra que quiera demasiado poco, y enseñarles lo que has aprendido.

—¿Cómo las encontraré?

El viejo señaló el charco de voces.

—Presta oídos a su sufrimiento.

Dor miró el agua, pensando en los miles de millones de voces que habían brotado de ella.

—¿En qué pueden influir dos personas?

—Tú eras una sola —dijo el viejo—, y cambiaste el mundo.

Recogió la piedra con la que Dor había hecho sus grabados y la redujo a polvo.

—El final de tu historia solo puede escribirlo Dios.

—Dios me ha dejado solo —dijo Dor.

El anciano sacudió la cabeza.

—Nunca has estado solo.

Tocó el rostro de Dor, que sintió en su cuerpo un nuevo espíritu, como cuando se vierte agua en una copa. El viejo empezó a evaporarse.

—Recuerda siempre estas palabras: Dios tiene motivos para limitar los días de los hombres.

—¿Cuáles son?

—Lo sabrás cuando llegues al final de tu viaje.

30

DESPUÉS DEL PLANTÓN, **Sarah se lo podría haber pensado antes de quedar con Ethan una segunda vez.**

Pero un corazón desesperado seduce al pensamiento. Por eso, dos semanas después de la desilusión de la noche de los vaqueros negros y la camiseta roja —dos semanas de clases aburridas de ciencias y de cenas frente al ordenador—, Sarah volvió a intentarlo. Un sábado que tenía comedor se levantó antes que de costumbre, a las 6.32, y se vistió como si saliera de fiesta. Se puso una blusa escotada y una falda ceñida pero no en exceso. Dedicó mucho tiempo a su cara, consultando incluso algunas webs con consejos sobre el maquillaje y la sombra de ojos. Después de haber criticado tantas veces a su madre por pintarse demasiado («parece que pidas atención a gritos», se quejaba), no podía decirse que estuviera muy a gusto, pero justificó sus esfuerzos diciéndose que un chico como Ethan podía salir con todas las chicas guapas que quisiera, aun más maquilladas que ella, y con la blusa aun más escotada. Si pretendía conquistarlo, debería cambiar algunas costumbres.

Lorraine aún dormía.

Así que Sarah salió sin hacer ruido, subió al coche de su madre y fue al comedor pensando que su decisión era la correcta, al menos hasta que la vieron algunos de los indigentes y empezaron a silbar.

—¡Pero qué guapa está, señorita!

Sarah se ruborizó e inventó la excusa de que tenía un compromiso a la salida del trabajo. De repente se sintió ridícula. ¿A quién se le ocurría? No era el tipo de chica a quien pudieran salirle bien aquellas cosas. Por suerte llevaba consigo un jersey. Iba a ponérselo.

En ese momento entró Ethan con una caja bajo cada brazo, tomándola desprevenida. Sarah se irguió y se pasó una mano por el pelo.

—Limonada —la saludó él con la cabeza.

¿Le gustaba aquel look?

—Hola, Ethan —dijo ella, intentando parecer tranquila, aunque volvía a ser un manojo de nervios.

31

FRENTE A SU **escritorio, repasando la carpeta, Victor se acordó de lo que Jed, el de la empresa de criónica, había dicho dos semanas antes.**

«Imagínese la congelación como un bote salvavidas para llegar al futuro, un futuro en que la medicina haya avanzado tanto que curar su enfermedad sea tan fácil como pedir hora.»

«Solo tiene que subir al bote, quedarse dormido y esperar el rescate.»

Victor se frotó el abdomen. No tener aquel cáncer. Librarse de la diálisis. Volver a vivir. «Tan fácil como pedir hora.»

Revisó el procedimiento tal como se lo había detallado Jed. Una vez certificada la muerte de Victor, cubrirían inmediatamente su cuerpo con hielo y una bomba mantendría su sangre en movimiento para evitar coágulos. Después sustituirían sus fluidos corporales por crioprotector (un anticongelante biológico), para que no se formase hielo en el interior de sus venas. El proceso recibía el nombre de «vitrificación». Manteniéndolo en una temperatura en descenso constante, meterían su cuerpo en un saco hermético, después en una caja refrigeradora controlada por ordenador y por último en un contenedor en el que introducirían poco a poco nitrógeno.

Pasados cinco días podrían trasladarlo a su lugar de descanso definitivo, un gran tanque de fibra de vidrio que recibía el nombre de «criostato», que también contenía nitrógeno líquido. Allá, en postura inversa, quedaría flotando hasta... a saber cuándo.

Hasta que su bote salvavidas encontrase el futuro.

—¿Es decir, que mi cadáver se queda aquí? —le había preguntado Victor a Jed.

—Nosotros no usamos la palabra «cadáver».

—Pues entonces ¿cuál?

—«Paciente.»

«Paciente.»

Le resultaba más fácil planteárselo así. Paciente ya lo era. Solo se trataba de serlo de otro modo. Un paciente con paciencia, como la espera de un fondo a largo plazo, o los tiempos de las negociaciones con los chinos, que siempre alargaban hasta el infinito el papeleo. Paciente. Aunque Grace pudiera estar en desacuerdo, en caso de necesidad Victor sabía ser paciente.

Y estar congelado durante décadas, o siglos, a cambio de salir al otro lado listo para reanudar su vida no parecía un mal negocio.

Su tiempo en la Tierra estaba a punto de agotarse.

Sin embargo, podía conseguir más tiempo.

Marcó un número de teléfono.

—Oye, Jed, soy Victor Delamonte —dijo—. ¿Cuándo podrías pasar por mi despacho?

32

EN LOS INCALCULABLES siglos que pasó en la cueva, Dor intentó escapar de todas las formas posibles.

Ahora esperaba junto al charco, sujetando en sus manos el reloj de arena. Intuía que era el único camino de regreso.

Le costaba creer que su purgatorio eterno pudiera estar a punto de llegar a su fin. ¿Qué mundo lo esperaba? El padre del tiempo ignoraba por completo cuánto tiempo había transcurrido en su ausencia.

Pensó en lo que le había dicho el anciano: «Presta oídos a su sufrimiento». Miró la superficie reluciente, y al cerrar los ojos discernió dos voces en medio del barullo, una de un hombre mayor y otra de una mujer joven:

—Otra vida.

—Que pare.

De pronto un fuerte viento invadió la cueva, cuyas paredes se iluminaron como si recibieran el sol de mediodía. Dor apretó el reloj de arena contra el pecho y, tras dar un paso atrás, saltó hacia el charco, mientras susurraba la única palabra capaz de procurarle auténtico consuelo.

—Alli.

Lo atravesó.

Dor estaba en caída libre.

Dando vueltas en el vacío, se precipitó con rapidez por una bruma de luz llena de colores. Atisbaba fugazmente cuerpos, rostros: los hombres arrojados de la torre de Nim, con la diferencia de que ellos subían mientras que él bajaba. Aferrándose al reloj de arena, pasó a través de luces y colores cada vez más intensos. El viento, que se clavaba en su piel como las púas de un rastrillo, lo convencía de estar siendo desgarrado por la velocidad de la caída. Atravesó zonas de frío estimulante, de calor abrasador; regiones de ventisca, remolinos de nieve, hasta que llegó a la arena, mucha arena lanzada contra él; arena que lo golpeaba, que lo hacía girar, que amortiguaba su caída y que acabó por impulsarlo en línea recta, como si estuviera dentro de la arena que cae por el cuello de un reloj, hasta que se detuvo.

El viento se llevó la arena.

Dor se percató de que colgaba de algo.

Oyó música y risas a lo lejos.

Había regresado a la Tierra.

LA TIERRA

33

LORRAINE NECESITABA CIGARRILLOS.

Aparcó en un pequeño centro comercial, y al pasar junto a un salón de manicura se acordó de haber estado allí cuando Sarah tenía once años.

—¿Me puedo pintar las uñas de rojo rubí? —le había preguntado su hija.

—Pues claro. ¿Y las de los pies?

—¿También me las puedo pintar?

—¿Por qué no?

La cara de asombro de Sarah mientras una mujer le ponía los pies en un pequeño barreño le había hecho comprender a Lorraine que era una niña a quien nadie mimaba. Entre que ella tenía que ir al trabajo y que Tom siempre llegaba tarde a casa...

—Quiero que me pinten los dedos de los pies del mismo color que los tuyos, mamá —había dicho Sarah, girándose hacia ella.

En ese momento Lorraine se prometió que lo harían más a menudo.

Nunca volvieron. El divorcio lo había cambiado todo. Al pasar junto al escaparate, vio muchos sillones vacíos. De todos modos, ahora Sarah habría preferido que la arrestaran antes que sentarse con su madre para una manicura.

Grace tenía que hacer la compra.

Podría haber escrito una lista y haber mandado a alguien del servicio. «No hace falta que tú hagas nada en casa», le decía siempre Victor, pero con el paso del tiempo Grace se había dado cuenta de que las tareas que ocupaban el día a tanta gente no hacían más que vaciar el suyo, así que poco a poco las fue recuperando.

Recorrió con su carro los pasillos del supermercado, y al llegar a las verduras compró apio, tomates y pepinos. Desde hacía unos meses volvía a cocinar, a fin de prepararle a Victor platos sanos —nada procesado, todo orgánico— con la esperanza de alargar sus días mediante una dieta más saludable. Sabía que era un simple gesto, un palo contra el viento, pero la esperanza era su único asidero.

«Esta noche, una buena ensalada», se dijo. Pero, al pasar por el congelador de los helados se llevó un tarro del de chocolate con trocitos de menta, el favorito de Victor. Así también tendría un capricho preparado, por si le apetecía.

34

EN PLENO MES de diciembre se celebraba una fiesta, en un pequeño pueblo del sur de Europa.

En la plaza tocaban unos músicos, y en grandes mesas se disponían tapas de gambas, anchoas y pescado frito. En la fuente central había monedas, lanzadas por parejas llenas de ilusión; y al borde de ella, algunos turistas remojaban sus pies.

Cerca de la fuente, colgaba de un soporte de madera la figura de papel maché de un hombre a tamaño natural; tenía barba y un reloj de arena. EL GUARDIÁN DEL TIEMPO, ponía en el letrero. Debajo había una porra de plástico amarillo.

De vez en cuando pasaba alguien y pegaba al muñeco con la porra. Era la tradición: zurrarle al año viejo y dar la bienvenida al nuevo. «¡Dale, dale!», gritaban los espectadores entre risas y brindis.

Un niño pequeño se soltó de la mano de su madre y corrió hacia el muñeco. Agarró la porra y pidió permiso con la mirada.

—Bueno, venga... —le dijo su madre con señas.

Justo entonces salió el sol de detrás de una nube, y en el pueblo cayó una luz extraña. Un viento repentino inundó la plaza de arena. El niño, concentrado en lo suyo, descargó la porra en el muñeco con todas sus fuerzas.

¡Plaf!

Los ojos del muñeco se abrieron.

El niño empezó a chillar.

Dor, colgado de una tabla de madera, sintió una punzada en las costillas.

Se le abrieron los ojos.

Un niño pequeño chillaba.

Del susto, Dor se echó hacia atrás, arrancando su túnica de los dos clavos que la sujetaban. Al chocar con el suelo soltó el reloj de arena.

El grito del niño se detuvo de golpe, o mejor dicho se apagó como una larga nota sostenida de trompeta. Dor se puso en pie. Alrededor de él todo se había ralentizado, como en sueños. El niño seguía con la misma cara que cuando gritaba, y no había bajado la porra. En una fuente, la gente señalaba en su dirección sin moverse.

Dor recogió el reloj de arena.

Y se marchó corriendo.

Al principio corría con todas sus fuerzas,

bajando la cabeza y esperando no ser visto, pero aparte de él nada se movía. El mundo entero se había detenido. No soplaba ni una pizca de viento. Las ramas de los árboles no se movían. Todas las personas que veía estaban como paralizadas: un hombre que paseaba a su perro, un grupo de amigos que tomaban copas en la entrada de un bar...

Caminó más despacio y miró a su alrededor. Según nuestros criterios estaba en las afueras de un pueblo, en el campo, pero él nunca había visto a tanta gente, ni tantas edificaciones.

«Aquí dentro están todos los momentos del universo», le había dicho el anciano. Observó la arena del reloj. También se había detenido casi por completo. Solo caían unos cuantos granos, como si alguien lo hubiera atascado.

Dor caminó varios kilómetros con el reloj de arena. El sol apenas se movía en el cielo.

A excepción de su propia sombra, que no se despegaba de él, las otras parecían pintadas en el suelo. Al llegar a un descampado, subió por una cuesta y se sentó. La escalada le trajo recuerdos de Alli. Añoró su antiguo mundo, con sus llanuras desérticas, sus casas de adobe, e incluso su silencio. En aquel mundo nuevo oía un zumbido constante, como una sola nota compuesta por una masa de cientos de sonidos. Ignoraba que era el sonido de un solo instante al ralentí.

Vio a sus pies un tramo recto de carretera, que para él era una cinta de color carbón con una línea blanca en medio. Se preguntó cuántos esclavos hacían falta para conseguir una superficie tan lisa.

«Tú quisiste controlar el tiempo. Se te ha concedido como penitencia tu deseo.»

Pensó en su llegada a la Tierra, y en su caída, que le había hecho soltar el reloj. En ese momento había cambiado todo.

Tal vez...

Lo giró bruscamente para luego volver a enderezarlo.

La arena empezó a correr libremente. Ya no se oía el zumbido, sino una especie de ráfaga seguida de otra. Al mirar hacia abajo vio coches que iban raudos por la carretera, aunque al carecer del concepto de coche supuso que serían seres dotados de una rapidez inimaginable. Se apresuró a girar de nuevo el reloj.

Los coches se pararon.

Volvía a oírse el zumbido.

Abrió los ojos de par en par. ¿Era él quien lo había hecho? ¿Había frenado casi el mundo? La sensación de poder fue tan abrumadora que sintió escalofríos.

35

LA NOCHE EMPEZÓ un poco forzada, pero lo arregló el alcohol.

Ethan llevó una botella de vodka. Sarah fingía naturalidad, y aunque no estuviera acostumbrada a beber, ni mucho menos, se apresuró a tomar un poco. Incluso la chica que saca las terceras mejores notas de su clase tiene la sensatez de mostrar que no es la primera vez que bebe vodka.

Sentados en el almacén del tío de Ethan —que había esperado hasta las 20.14 para confirmar la cita con un mensaje de texto: «en ksa de mi tío si kres venir»—, bebían en vasos de cartón, echándole al vodka un zumo de naranja de la estantería. Estaban sentados en el suelo, riéndose de un programa tonto de la tele que ambos confesaron ver. A Ethan también le gustaban las películas de acción, sobre todo la serie de *Hombres de negro*, donde los actores iban con traje, corbata y gafas de sol. Sarah dijo que a ella también le gustaba, aunque en realidad nunca la había visto.

Llevaba la misma blusa escotada que por la mañana en el comedor. Había supuesto que a Ethan le gustaba, y nadie podía negar que mostraba interés. En un momento dado sonó el teléfono. ¡Su madre, por Dios! Al ver su mueca, Ethan dijo:

—Déjame a mí.

Programó un tono especial en el móvil para cuando llamara su madre, un fragmento estridente de rock duro.

—Cuando lo oigas, pasas de ella —dijo.

Sarah se rio.

—¡Genial!

A partir de ese momento fue todo algo confuso. Ethan le ofreció un masaje en la espalda, que ella aceptó encantada. Se estremeció al sentir sus manos en los hombros, pero tardó muy poco en derretirse. Nerviosa, hizo un comentario sobre que en el fondo no tenía amigos, porque todos le parecían muy inmaduros, y él dijo que sí, que muchos de los del instituto eran unos fracasados. Entonces ella dijo que le estresaba el tema de entrar en la universidad. Él le presionó los hombros con más fuerza mientras le decía que con su inteligencia podía entrar en cualquier sitio, cosa que a ella le sentó muy bien.

Y de pronto llegó el beso. A Sarah nunca se le olvidaría. Sintiendo en la nuca el aliento de Ethan, se giró hacia la izquierda, pero al ver que él se movía a la derecha se giró hacia el mismo lado, y sus caras estuvieron a punto de chocar. Y pasó. Así de simple. Sarah cerró los ojos, y estuvo a punto de desmayarse de verdad. Su madre usaba la palabra «vahído», que debía de ser eso, sospechó vagamente. Él le dio otro beso, con más intensidad, y la hizo girarse para que estuvieran más pegados. Sarah recordaba que pensó: «¡A mí, me está besando a mí, me quiere a mí!». Sin embargo, lo que empezó con suavidad se fue volviendo un poco brusco; las manos de Ethan corrían por todo su cuerpo, hasta que Sarah, nerviosa, se apartó e intentó aligerar la situación con una risa incómoda.

Ethan le rellenó el vaso con vodka y zumo de naranja, que Sarah bebió con más rapidez de lo conveniente. El resto de la noche, tal como la recordaba, consistió en reírse y empujar a Ethan, que se pegaba nuevamente a ella para darle otro beso. Ethan se ponía cada vez más agresivo, y ella se apartaba y bebía, y vuelta a empezar.

—Venga —dijo él.

—Ya, ya —murmuró ella—. No es que no quiera, pero...

Al final Ethan desistió y siguió bebiendo vodka hasta que se quedó medio dormido contra la pared. Poco después se fueron a sus respectivas casas.

Pero el lunes por la mañana,

a las 7.23, mientras se comía el borde de una tostada integral, ya no estaba tan segura de haber hecho bien, haber hecho mal o haber hecho mal haciendo bien. Consciente de que Ethan era más guapo que ella, caviló hasta qué punto debía mostrarse «agradecida». Se habían dado besos —muchos—, y él la había deseado. Alguien la deseaba. Eso era lo importante. No se podía quitar de la cabeza el rostro de Ethan. Se imaginó el próximo encuentro: por fin algo que esperar con ilusión en su gris e insípida existencia.

Dejó el plato en el fregadero y abrió el portátil. Llegaría tarde al instituto —ella, que no llegaba nunca tarde—, pero faltaba poco para Navidad y sintió el impulso repentino de comprarle a Ethan un regalo. Él había dicho que los actores de *Hombres de negro* llevaban unos relojes especiales con una forma muy especial. Podía estar bien comprarle uno. Le gustaría, ¿no? Algo que no se le ocurriese a nadie más.

Se dijo que era un simple detalle. La Navidad era la Navidad. En el fondo, sin embargo, la ecuación era sencilla:

le compraría un regalo al chico de quien estaba enamorada.

Y él le correspondería con amor.

36

¿Te imaginas tener tiempo ilimitado para aprender?

¿Poder parar un coche en pleno movimiento y estudiarlo durante horas? ¿Pasearte por un museo y tocar todas las piezas sin que se enteren los vigilantes?

Así fue como Dor exploró nuestro mundo. El poder del reloj de arena le permitía ralentizar el tiempo en función de sus necesidades. Aunque no pudiera detenerlo por completo —un tren, en el transcurso de las horas que pasaba investigándolo, podía moverse unos centímetros—, le resultaba fácil mantener a las personas en un mismo lugar mientras él se movía entre ellas, tocando sus abrigos o zapatos, probándose sus gafas y palpando las caras perfectamente afeitadas de los hombres, tan distintas a las de su época, en que lo habitual eran las barbas. Y nadie recordaría su presencia más allá de un pequeño parpadeo en su campo visual.

De esta guisa recorrió las tierras de ese lugar del sur de Europa, viviendo varios días en un solo momento, y explorando barrios, bares, tiendas... Encontró ropa de su talla —prefería la que no llevaba botones o cremalleras, que lo desconcertaban—, y en un momento dado, al entrar en un edificio bajo de ladrillo donde ponía PELUQUERÍA, miró un espejo alto y soltó un grito.

Se había dado cuenta de que estaba viendo su reflejo.

Dor no se había visto en seis mil años.

Se acercó al espejo, al lado de un hombre vestido con un elegante traje, que se sentaba en una silla alta que daba vueltas, y de una peluquera con las manos dentro de un cajón. Primero observó el reflejo del hombre —traje azul, corbata marrón, pelo corto, oscuro y mojado—, y después su propia y descuidada imagen. Pese a la larga barba y la gran melena, parecía el más joven de los dos.

«—En esta cueva no envejecerás ni un solo instante.

—No merezco ese don.

—No es ningún don.»

Retrocedió y se agachó detrás de un mostrador para girar el reloj de arena.

La vida reanudó su curso. La peluquera sacó unas tijeras del cajón y dijo algo que hizo reír a su cliente. Después le levantó el pelo y empezó a cortárselo.

Dor se asomó fascinado al mostrador. Qué habilidad la de la peluquera al abrir y cerrar las tijeras, haciendo caer los mechones... De pronto alguien encendió un equipo de música, y comenzó a sonar a todo volumen un ritmo acelerado. Dor se tapó las orejas. Nunca había oído nada tan ruidoso.

Al levantar la vista, vio a una mujer madura y gorda que lo contemplaba desde arriba, con rulos de plástico en el pelo.

—¿Qué quiere? —berreó la mujer.

Dor recogió su reloj de arena, y tanto la mujer como los otros se quedaron prácticamente inmóviles.

Dor se levantó, rodeó a la señora, que seguía con la boca abierta, y se acercó a la peluquera. Le quitó las tijeras, puso las cuchillas cerca de la punta de su barba y empezó a recortar seis mil años de pelo.

37

—Te he pedido que vengas porque quiero cambiar el reglamento.

Victor sirvió a Jed un vaso de agua con hielo. Estaban sentados a ambos lados de una mesa larga. Victor, muy a su pesar, ya usaba la silla de ruedas (en pie se tambaleaba demasiado), y le habían adaptado el mobiliario de oficina para que tuviera espacio de maniobra.

—Según la ley, el proceso de congelación no puede ponerse en marcha sin que se haya certificado mi muerte, ¿verdad?

—Exacto —contestó Jed.

—Pero tú, y la ciencia, estáis de acuerdo en que habría muchas más posibilidades de conservación si se pudiera empezar a congelar mientras aún funcionasen el corazón y el cerebro.

—En teoría, sí.

Jed puso el vaso en la palma de su mano. No parecía verlo muy claro.

—Pues quiero poner a prueba esa teoría —dijo Victor.

—Señor Delamonte...

—Déjame acabar.

Victor expuso su plan. Lo único que lo mantenía en vida era la diálisis, el gran aparato que limpiaba su sangre y eliminaba las toxinas. Si interrumpía el tratamiento moriría en un breve plazo, quizá en cuestión de días: una semana, a lo sumo dos.

—Justo después de morirme lo confirmaría un médico, y empezaría la congelación, ¿verdad?

—Sí —dijo Jed—, pero...

—Ya, ya lo sé: en ese momento tendríamos que estar todos en las instalaciones.

—Exacto.

—O antes de que pasara.

—No le entiendo.

—Antes de que pasara... —Victor dejó que Jed lo asimilase—. Para decir que ya ha pasado.

—Pero para eso tendrían que...

Jed dejó la frase a medias. Victor movió la mandíbula. Empezaba a ver señales de comprensión.

—Cuando tienes mucho dinero —dijo— puedes conseguir que la gente haga cosas. —Cruzó las manos—. No hace falta que se entere nadie.

Jed siguió en silencio.

—He visto vuestras instalaciones, y no te ofendas, pero son bastante... ¿básicas?

Jed se encogió de hombros.

—¿A que no os irían mal unos millones de dólares? ¿Como donativo de un cliente satisfecho?

Jed tragó saliva.

—Mira —dijo Victor, bajando la voz y suavizando el tono—, yo ya estaré casi muerto. ¿Qué más dan unas horas?

»Además, seamos sinceros. —Se inclinó—. ¿A ti no te gustaría que mejorasen vuestras probabilidades de éxito?

Jed asintió con la cabeza.

—Pues a mí también.

Victor acercó la silla de ruedas a su escritorio y abrió un cajón.

—Pedí a los abogados que me redactasen algo —dijo, enseñando un sobre—. Espero que esto te ayude a decidirte.

38

CON SU NUEVO corte de pelo y su ropa moderna Dor desentonaba menos con nuestro siglo,

y al estudiar el mundo, manipulaba el reloj de arena para poder interactuar con el tiempo real. Lo usaba más que nada para aspectos básicos, como aprender el alfabeto, cosa que logró sentándose al fondo de una clase de lengua para adultos. Del alfabeto pasó a las sílabas, y de las sílabas a las palabras; y como el Padre Tiempo ya entendía todos los idiomas del mundo, el aprendizaje restante fue fácil para él.

Una vez que supo leer, tuvo a su alcance todos los conocimientos.

Se sumergió en la biblioteca de una gran ciudad y leyó más de dos tercios de su fondo. Libros de historia y novelas, y estudió mapas y grandes volúmenes de fotografía. Con el reloj de arena en posición horizontal solo tardó unos minutos, aunque en tiempo real habrían pasado varias décadas.

A la salida de la biblioteca volvió a girar el reloj para asistir a la caída de la noche, y quedó maravillado al ver que la electricidad, que conocía por sus lecturas, alargaba las horas en vela del ser humano. La única lumbre que había conocido él era la de las lámparas de aceite, o la del fuego.

Ahora las ciudades tenían farolas que las mantenían profusamente iluminadas. Dor caminaba por debajo de ellas, pisando sus círculos de luz amarillenta. Pasó la noche en vela, contemplando totalmente fascinado las bombillas.

Por la mañana volvió a frenar el sol

y se paseó por las llanuras de España, por el río más largo de Francia y por los bosques de Bélgica y Alemania. Vio antiguas ruinas y estadios modernos, y exploró rascacielos, iglesias y centros comerciales.

Nunca dejaba de buscar relojes. El viejo tenía razón: aunque Dor hubiera llevado la cuenta del tiempo antes que nadie en el planeta, la humanidad había tomado sus sencillos conceptos del palo y el cuenco y los había usado como punto de partida para crear un sinfín de artilugios.

Se familiarizó con todos. En un museo de Düsseldorf que estaba en pleno centro de la ciudad, desmontó todos los relojes antiguos y estudió sus muelles y resortes mientras el vigilante estaba a pocos pasos de él, inmovilizado. En un rastrillo de Frankfurt encontró una radio con alarma que permitía retroceder o avanzar en el tiempo mediante la simple pulsación de unos botones. Apretó el de retroceso y vio disminuir el tiempo: miércoles, martes, lunes... Pensaba en lo bonito que sería mantenerlo pulsado hasta volver a su hogar.

«Eres el padre del tiempo terrenal.»

¿Podía ser el responsable de todo aquello? ¿De veras? Pensó en los siglos que le habían obligado a pasar en la cueva, sufriendo, y se preguntó si todas las personas pendientes del reloj pagaban algún precio.

Por fin Dor llegó a la costa.

Encontró un faro en Westerhever, en el norte de Alemania. Gracias a sus lecturas conocía los faros, y el gran mar del Norte. Giró el reloj de arena para ver romper las olas. Después volvió a girarlo.

En lo relativo al mundo actual, su educación ya era completa. Había dedicado cien años a observar un solo día.

Escuchó el viento. Oyó lo que necesitaba oír.

«Otra vida.»

«Que pare.»

Se internó en las aguas quietas.

Y empezó a nadar.

39

DOR CRUZÓ EL **Atlántico a nado. Lo hizo en un minuto.**

Cuando salió de Alemania eran las 19.02, y al llegar a Manhattan las 13.03. Técnicamente, según nuestros relojes, había nadado contra el tiempo.

Mientras daba brazadas en el agua —inmune al frío y al cansancio— pensó en todo lo que había visto, y en todas las personas muertas hacía miles de años de quienes nunca se había despedido. Su padre. Su madre. Sus hijos. Su querida esposa.

«Lo sabrás cuando llegues al final de tu viaje.»

Se preguntó cuándo sería, y qué tenía que saber; pero su gran pregunta mientras cruzaba el mar a nado fue cuándo podría morirse como todos los demás.

Al llegar a tierra firme subió a un muelle.

Lo vio un estibador con gorra y barba de varios días.

—Eh, tío, ¿qué narices...?

No pudo decir más.

Dor giró el reloj de arena. Después miró hacia arriba, y al divisar un gigantesco muro de edificios comprendió que aquel lugar era el más raro de todos.

Nueva York se cernía sobre él como una metrópolis inimaginable,

incluso después de todo lo que había visto durante su tiempo de estudio —el equivalente a cien años— por Europa. Los edificios eran más altos, casi no había espacio para respirar. Y cuánta gente... ¡Qué cantidad de personas! Apiñadas en las esquinas. Saliendo de las tiendas. Incluso con toda la ciudad ralentizada en virtud de su poder, Dor tuvo dificultades para abrirse paso entre tantos cuerpos.

Necesitaba ropa, así que buscó unos pantalones y un jersey negro de cuello alto en una tienda que se llamaba ¡Bravo!, y en el perchero de un restaurante japonés encontró un abrigo que le quedaba bien.

Caminar entre enormes rascacielos le hizo acordarse de la torre de Nim. Se preguntó si la ambición humana era un pozo sin fondo.

LA CIUDAD

40

LAS MANECILLAS DE un reloj acaban poniéndose en su sitio.

Así fue desde el primer instante en el que Dor marcó una sombra.

De niño, sentado en la arena, había predicho que mañana contendría un momento como el de hoy, y el día siguiente uno como el de mañana. A partir de Dor, cada generación se desvivió por dar más precisión a su concepto y más exactitud al cómputo que hacían de sus vidas.

Aparecieron relojes de sol sobre las puertas. Se construyeron relojes de agua gigantes en las plazas. El paso a los diseños mecánicos —de pesas, catalina y foliot— dio lugar a los campanarios y los grandes relojes de pie, y finalmente en otros más pequeños que podían colocarse en una estantería.

Más tarde un matemático francés ató una cuerda a un reloj, se lo fijó en la muñeca y el ser humano empezó a llevar el tiempo encima de su propio cuerpo.

La rapidez con que aumentó la precisión fue algo asombroso. Aunque hubiera que esperar al siglo XVI para que se inventase el minutero, en el siglo XVII los relojes de péndulo tenían un margen de error de un minuto diario, que en menos de un siglo se redujo a un segundo.

Del tiempo se hizo una industria. El ser humano dividió el mundo en zonas para que los transportes se ajustasen a horarios preestablecidos. Los trenes partían con exactitud. Los barcos forzaban la máquina para llegar a la hora estipulada.

La gente se despertaba al clamoroso toque de las alarmas. Las empresas se ceñían a «horarios de apertura». Cada fábrica tenía su silbato, y cada aula su reloj.

«¿Qué hora es?» se convirtió en una de las preguntas más comunes del mundo, presente en la primera página de todos los manuales para manejarse en otro idioma. «¿Qué hora es?» «What time is it?» «Skol'ko syejchas vryemyeni?»

Por eso es lógico que cuando Dor, el primer hombre en formular realmente esa pregunta, llegó a su ciudad de destino —donde el viento traía y llevaba las voces que había detrás de «otra vida» y de «que pare»— usara sus conocimientos para encontrar trabajo en el único sitio donde siempre estaría rodeado por el tiempo.

Una tienda de relojes.

Y esperó a que las dos manecillas se pusieran en su sitio.

41

La limusina de Victor se deslizaba por el sur de Manhattan.

Entró en una calle adoquinada. Escondido detrás de una curva, había un establecimiento con un toldo de color frambuesa. En el toldo ponía la dirección, pero no el nombre; solo un sol y una luna grabados en la puerta.

—Orchard, 143 —anunció el chofer.

Los primeros en salir fueron dos empleados de Victor, para depositarlo en la silla de ruedas. Mientras uno sujetaba la puerta, el otro lo sentó y empujó la silla. Se oyeron rechinar las bisagras.

Dentro olía a viciado, a aislamiento, a otra época. Detrás del mostrador había un hombre pálido, canoso y de avanzada edad, con un chaleco de cuadros, una camisa azul y unas gafas con montura de alambre sobre el puente de la nariz. Victor supuso que era alemán. Al haber viajado tanto tenía buen ojo para las nacionalidades.

—*Guten Tag* —lo saludó.

El hombre sonrió.

—¿Es usted alemán?

—No, pero he supuesto que usted sí.

—Ah. —Arqueó las cejas—. ¿Qué desea?

Victor se acercó con la silla de ruedas, observando el inventario. Vio relojes de todas las clases: de pie, de repisa, de cocina con puertas abatibles de cristal, de lámpara, de

121

escuela, con timbres y alarmas, en forma de bate de béisbol o guitarra... Hasta un reloj-gato con cola de péndulo. ¡Y cuántos péndulos! En la pared, en el techo, detrás de cristales... Todos oscilando: tictac, tictac, como si en aquel lugar cada segundo se moviese a la izquierda o la derecha. Un zumbido de engranajes anunció la salida de un cuclillo, seguido por once más, uno por cada campanada. Victor vio que el pájaro se ocultaba de nuevo al otro lado de la puerta.

—Quiero el reloj de bolsillo más antiguo que tengan —dijo.

El dueño se pasó la lengua por el labio superior.

—¿Precio?

—No importa.

—Muy bien. Un momento.

Fue a la trastienda y murmuró algo a otra persona.

Victor esperó. Era diciembre, a pocas semanas de su última Navidad, y había decidido comprarse un reloj. Así los de criónica lo pararían justo al congelarlo, y él lo pondría en marcha al llegar al nuevo mundo. Le gustaba aquel tipo de gestos simbólicos. Por otra parte, era una buena inversión. Dentro de varios siglos valdría mucho más lo que ya en el nuestro era una antigüedad.

—Si quiere puede ayudarlo mi aprendiz —dijo el dueño.

Victor le echó unos treinta y cinco años al hombre que salió de la trastienda. Era delgado pero musculoso, con el pelo oscuro, despeinado e irregular. Llevaba un jersey de cuello alto. Trató de adivinar su nacionalidad. Pómulos marcados. Nariz un poco chata. ¿Oriente Medio? ¿Griego, tal vez?

—Estoy buscando el reloj de bolsillo más antiguo que tengan.

El aprendiz cerró los ojos como si pensara. Victor, que nunca había sido muy paciente, lanzó una mirada al dueño, que se encogió de hombros.

—Sabe mucho —susurró.

—Bueno, pero tampoco es cuestión de estarse toda la vida —dijo Victor. Se rio entre dientes—. U otra vida.

«Otra vida.»

El aprendiz abrió los ojos.

42

La semana siguiente, en el comedor, Ethan no parecía tan interesado.

Sarah se dijo que podía ser por cualquier cosa. Quizá estuviera cansado. Le envolvió un paquete de galletas de mantequilla de cacahuete y añadió un lacito azul para hacerle una broma. En el fondo tenía la esperanza de obtener un beso, pero Ethan, al ver el regalo, se sonrió y dijo:

—Ah, vale, gracias.

Sarah no había hecho comentarios sobre su salida nocturna, por el simple hecho de que no sabía qué decir. Le incomodaba reconocer que, por culpa del alcohol, no se acordaba de todos los detalles; ella, Sarah Lemon, que había llegado a saberse de memoria estrofas enteras de los *Cuentos de Canterbury* para la clase de literatura. Además, consideraba que, en lo referente a aquella noche, cuanto menos se hablara mejor.

Así que intentó hablar de temas menos personales, de lo que intuía que tenían en común, como antes de tener una relación física con Ethan, pero algo no iba bien: por muchos temas que sacase Sarah, Ethan los mataba con una respuesta seca.

—¿Qué te pasa? —preguntó finalmente.

—Nada.

—¿Seguro?

—Es que estoy hecho polvo.

Abrieron las cajas en silencio, hasta que Sarah ya no pudo contenerse.

—Estaba bueno, el vodka.

Sonó falso, como lo sentía. Ethan sonrió, burlón.

—El alcohol nunca falla.

Sarah se rio, pero de forma exagerada.

Ethan levantó la mano al irse.

—Hasta la semana que viene —dijo.

Sarah esperaba que añadiese «Limonada». Tenía ganas de oírlo. A falta de ello oyó su propia voz.

—Limonada.

Dios mío... ¿Lo había dicho en voz alta?

—Eso, Limonada —dijo Ethan, y salió por la puerta.

Por la tarde, sin decírselo a su madre, sacó dinero de su cuenta y tomó un tren a Nueva York, que estaba a una hora de camino, para comprarle a Ethan su reloj especial.

A veces, cuando no recibes el amor que deseas, te convences de que, con un regalo, lo conseguirás.

43

VICTOR TUVO QUE reconocer que el aprendiz sabía lo que hacía.

Le había encontrado un reloj de bolsillo fabricado en 1784, con adornos de oro de dieciocho quilates y una concha con tres figuras pintadas bajo un cielo estrellado: un padre y una madre con su hijo. La esfera era de esmalte blanco, con números romanos en relieve y manecillas de plata. El mecanismo era de los antiguos, de caracol. Hasta daba las horas con una campanilla. Teniendo en cuenta su antigüedad, se conservaba en excelentes condiciones.

Dio la casualidad de que estaba hecho en Francia.

—Es donde nací —dijo Victor.

—Ya lo sé —dijo el aprendiz.

—¿Cómo puede saberlo?

Se encogió de hombros.

—Por su voz.

¿Su voz? Victor no tenía acento, si se refería a eso. Pensó un poco, pero no le dio importancia. Le interesaba más el reloj, que cabía perfectamente en la palma de su mano.

—¿Me lo puedo llevar?

El aprendiz miró al dueño, que sacudió la cabeza.

—Necesitamos unos días para comprobar que funciona. Tenga en cuenta que es una pieza muy antigua.

Sentado en la parte trasera de la limusina, Victor se dio cuenta de que no le habían dicho el precio del reloj.

Bueno, no tenía importancia. Hacía mucho tiempo que no preguntaba el precio de las cosas.

Se tomó varias pastillas con los restos de un refresco. Hacía meses que tenía fuertes dolores en la zona del estómago y de los riñones, pero el miedo que le provocaba acercarse al final lo resolvía como todo: siendo metódico.

Miró su reloj. Por la tarde consultaría a su equipo jurídico. Después revisaría los documentos de criónica, y por último se iría a casa, donde Grace lo estaría esperando con otra de sus cenas «sanas»: seguro que algo de verdura insípida. Señal, pensó, de lo lejos que estaban el uno del otro: ella pensando en cómo prolongar los pocos días que le quedaban y él, mientras tanto, planeando tener un siglo más de tiempo.

Pensó en el reloj de bolsillo y en lo bien que cabía en su palma. Le sorprendía estar tan animado por la compra. Claro que de eso tampoco podría hablar con Grace.

44

EL PRESENTADOR DE las noticias hablaba del fin del mundo.

Sarah se acercó al televisor de la estación. Estaban diciendo que, según los calendarios mayas, el mundo se acabaría la semana siguiente. Algunos predecían un despertar espiritual; otros, la colisión de la Tierra con un agujero negro. En varios puntos del planeta se formaban grupos que esperaban el final de la existencia en iglesias, plazas, campos, playas...

Pensó en comentárselo a Ethan. Siempre pensaba en contárselo todo. Sacó su móvil y le mandó un mensaje.

«T as enterado de k el mrtes se acaba el mundo?»

Pulsó Enviar y esperó. Ethan no contestaba. Debía de tener el teléfono desconectado. O en el bolsillo.

Ya llegaba el tren. Subió. Llevaba en el bolso casi todos sus ahorros —setecientos cincuenta y cinco dólares—. Se preguntó cuánto podía costar un reloj de película.

45

Pese a ser fin de semana, la oficina de Victor era un verdadero enjambre.

Como decían en la empresa, «si no vienes el sábado no te molestes en venir el domingo».

Mientras recorría los pasillos, empujado por Roger, saludó con la cabeza a varios empleados. Alto y pálido, con mofletes caídos de sabueso, Roger casi nunca se movía de su lado. Era de una lealtad a prueba de bombas, y jamás ponía en duda las órdenes de Victor, quien se lo retribuía con generosidad.

—...nas tardes —masculló Victor cuando Roger lo introdujo en la sala de reuniones.

Cinco abogados ocupaban una mesa larga y rectangular. El sol invernal se filtraba a través de las persianas.

—Bueno, ¿cómo va la cosa?

Uno de los abogados se inclinó para acercarle un fajo de papeles.

—Es complicadísimo, Victor —dijo—. Solo podemos redactar documentos basándonos en leyes que ya existen.

—Las futuras sentencias podrían dejarlos obsoletos —añadió otro.

—No se puede estar protegido de todo —dijo el tercero.

—Depende del tiempo del que hablemos —volvió a intervenir el primero.

—Lo normal sería que sus propiedades las heredase Grace —dijo el cuarto abogado.

De nuevo Victor pensó en ella, y en que lo ignoraba todo de su plan. Sintió una punzada de culpabilidad.

—Seguid —dijo.

—Pero entonces, ella lo controlaría todo, y cuando se muriese, para devolvérselo a usted... La verdad es que legalmente no está muy clara la transmisión de bienes a alguien que en sentido técnico ya está...

Todos miraron a su alrededor.

—¿Muerto? —dijo Victor.

El abogado se encogió de hombros.

—Lo mejor sería que creásemos ahora una serie de fondos y seguros, un fideicomiso especial...

—Familiar... —intervino el primer abogado.

—Exacto, como los que se usan para la educación de los nietos. Así podría recuperar el dinero cuando lo... ¿Cómo habría que decirlo?

—¿Revivan?

—Eso, revivan.

Victor asintió. Seguía pensando en Grace, y en la cantidad que apartaría para su manutención. Grace siempre decía que no se había casado por dinero. Aun así, ¿qué impresión daría Victor si no le dejaba dinero más que suficiente para cubrir todas sus necesidades?

—Señor Delamonte —preguntó el tercer abogado—, ¿cuándo tiene usted planeado... mmm...?

Victor resopló. Cuánto les costaba a todos la palabra...

—Para finales de año ya debería estar muerto —dijo—. Nos beneficiaría, ¿no?

Los abogados se miraron.

—Facilitaría los trámites —dijo uno.

—Pues entonces para Nochevieja —anunció Victor.

—No es mucho tiempo —protestó un abogado.

Victor se acercó a la ventana y miró las azoteas.

—Es verdad —dijo—. No me queda mucho tiempo.

Se inclinó sin dar crédito a lo que veía. Justo al otro lado de la calle, en el borde de un rascacielos, había un hombre con los pies colgando. Tenía algo en los brazos.

—¿Qué pasa? —preguntó uno de los abogados.

—Nada, un loco con ganas de morirse —dijo Victor.

Pero no podía apartar la vista de él; y no porque se preocupase por aquel individuo, sino porque le dio la impresión de que miraba su ventana.

—Bueno, ¿empezamos con la cartera de materias primas? —dijo un abogado.

—Mmm... Ah, sí.

Victor bajó la persiana y volvió a ocuparse de cuánto se llevaría al morir.

46

Sᴀʀᴀʜ ᴇsᴛᴀʙᴀ ꜰᴜᴇʀᴀ **de la tienda de relojes, mirando el sol y la luna grabados en la puerta.**

Supuso que era aquella, aunque no hubiera ningún nombre.

Al entrar tuvo la sensación de estar en un museo. «Ay, ay, ay, que no lo tendrán... —se dijo—. Qué de cosas viejas.»

—¿Qué desea?

Con su pelo blanco y sus gafitas, el dueño le recordó al profesor de química que había tenido a los quince años, que siempre llevaba chaleco.

—¿Tienen...? Me imagino que no, pero... Es que creo que hay un reloj... Ni siquiera sé si lo fabrican, pero...

El dueño levantó la palma de la mano.

—Voy a avisar a alguien que lo sabrá —dijo.

Volvió de la trastienda con un hombre de aspecto serio, pelo castaño revuelto y un jersey negro de cuello alto. Bastante guapo, pensó Sarah.

—Hola —dijo ella.

Él la saludó en silencio, con un gesto de la cabeza.

—Es un reloj de una película. Me imagino que no lo tendrán.

Diez minutos después seguía con sus explicaciones.

No tanto sobre el reloj como sobre Ethan y por qué le parecía que podía ser un buen regalo. Estaba cómoda hablando con el ayudante; escuchaba con tanta paciencia que parecía tener todo el tiempo del mundo. Pensó que su jefe no debía de ser muy severo. Como no hablaba de Ethan con su madre, ni tenía confidentes en el instituto —en eso seguía el ejemplo de Ethan, que no se lo había contado a nadie—, la alivió y hasta le divirtió informar a alguien de la relación.

—A veces es un poco callado —dijo—, y no responde a los mensajes.

El hombre asintió con la cabeza.

—Pero sé que le gusta esta película. El reloj era como... creo que como un triángulo. Es que quiero darle una sorpresa.

Otro gesto de aquiescencia. De pronto sonó un reloj de cuco. Como eran las cinco, lo hizo cinco veces.

—Bueno, bueno, ya vale —dijo Sarah, tapándose las orejas—. Que pare.

El hombre la miró como si corriera algún peligro.

—¿Qué pasa? —dijo Sarah.

El reloj de cuco dejó de sonar.

«Que pare.»

El silencio se había vuelto embarazoso.

—Mmm... Si quiere —propuso Sarah— me enseña unos cuantos relojes y yo le digo si lo reconozco.

—Buena idea —terció el dueño.

El ayudante se fue a la trastienda. Sarah tamborileó con los dedos en el mostrador. Vio que al lado de la máquina registradora había una caja abierta con un reloj antiguo dentro, tenía adornos preciosos y pinturas. Parecía caro.

El ayudante reapareció con un estuche. En la tapa había una foto de la película *Hombres de negro*.

—¡Dios mío! ¿Lo tienen? —dijo Sarah, emocionada.

El ayudante le dio el estuche. Sarah lo abrió. Dentro había un reloj negro de diseño, con forma triangular.

—¡Sí! ¡Qué alegría!

El ayudante ladeó la cabeza.

—¿Y por qué estás tan triste?

—¿Eh? —Sarah entornó los ojos—. ¿Por qué lo dice?

Miró al dueño, que parecía incómodo.

—Es muy bueno en su trabajo —susurró a modo de disculpa.

Sarah intentó esquivar la pregunta. ¿Cómo que estaba triste? Además, no era de su incumbencia.

Al bajar la vista vio el precio marcado en la caja: doscientos cuarenta y nueve dólares. De repente estaba incómoda y tenía ganas de salir.

—Vale, pues me lo llevo —dijo.

Él la miró, compasivo.

—Ethan —dijo.

—¿Qué le pasa a Ethan?

—¿Es tu marido?

—¿Qué? —dijo Sarah alzando la voz. Se le escapó un amago de sonrisa—. ¡No! Por Dios... Si aún voy al instituto.

Se apartó el pelo. Ahora ya estaba de mejor humor.

—Bueno, supongo que algún día nos podríamos casar, pero de momento solo es... mi novio.

Era la primera vez que usaba la palabra. Se sintió algo cohibida, como si saliera de un probador en minifalda, pero al ver que el ayudante también sonreía le perdonó el comentario raro sobre la tristeza: la palabra «novio» sonaba tan bien que tuvo ganas de repetirla.

47

CADA TARDE, CUANDO se ponía el sol en Nueva York, Dor subía y se sentaba al borde de los rascacielos.

Acto seguido, giraba el reloj y dejaba en suspenso la metrópolis, sumida en un instante de inmovilidad casi total, con el ruido del tráfico disuelto en un solo zumbido. Mientras se oscurecía el cielo en el lado opuesto a la infinidad de rascacielos, Dor se imaginaba junto a Alli, como cuando se sentaban para ver morir el día. Dor no necesitaba dormir ni comer. Era como si viviese en otra dimensión temporal. Sus pensamientos, sin embargo, seguían siendo los de siempre, y cuando permitía finalmente que se hiciera de noche volvía a ver a Alli en sus pensamientos, con su velo, y el cuarto de luna de su noche de bodas.

«Eres mi esposa.»

Aun habiendo pasado tanto tiempo, la echaba enormemente de menos. Le habría gustado poder hablar con ella sobre su misterioso viaje, y preguntarle por el sino final que lo esperaba. Ya había encontrado a las dos personas por las que lo habían mandado a la Tierra; mejor dicho, ellas lo habían encontrado a él. Sin embargo, seguía sin comprender la razón de que entre tanta gente hubiesen elegido a un hombre en silla de ruedas y una chica enamorada.

Acercó el reloj de arena a sus ojos para poder observar los símbolos que había grabado durante su purgatorio,

los dibujos que, despegándose de las paredes, se habían impreso en las dos ampollas del reloj. Con su poder sobre el tiempo, en aquel nuevo mundo Dor podría apoderarse de todo lo que deseara. Pero para el hombre que puede adueñarse de lo que quiera, todo acaba siendo insatisfactorio. Y, además, un hombre que no conserva sus recuerdos está vacío.

Por eso, dominando a solas la ciudad, el Padre Tiempo sostenía entre sus manos el único bien que le importaba: el reloj de arena con la historia de su vida. La recitó en voz alta una vez más.

—Esto es cuando corríamos por las montañas... Esta es la piedra que tiró Alli... Esto es el día de nuestra boda...

48

VICTOR MIRÓ LAS **dos agujas y exhaló.**

Llevaba casi un año de diálisis, y cada vez la odiaba más. Desde el día en que le habían puesto una vía debajo de la piel, y un tubo que sobresalía más de un centímetro del brazo, se había sentido prisionero, como un animal en una red. Tres sesiones semanales. Cuatro horas por sesión. La misma y aburrida rutina: ver salir y entrar la sangre.

Se había resistido a la idea y a la vía, y se había negado a estar con otros pacientes durante el tratamiento, aunque Grace se hubiera mostrado de acuerdo con las palabras del médico: «Siempre va bien hablar con otros que pasan por lo mismo». Según Victor no pasaban por lo mismo: a ellos les quedaba un mes o un año de vida, mientras que él estaba tramando toda una vida nueva.

Pagaba por tener una suite exclusiva —equipada con ordenadores y centro multimedia—, y sus propias enfermeras. Con Roger siempre a pocos metros, aprovechaba las cuatro horas para trabajar, apoyando en la manta un teclado inalámbrico. Tenía en la mesa su BlackBerry, y el móvil conectado a un manos libres.

Una enfermera entró con un portapapeles.

—¿Qué, cómo estamos hoy? —le preguntó a Victor.

Era pelirroja, un poco gruesa, con la bata algo tensa en el pecho y las caderas.

—De maravilla —masculló él.

—Me alegro —dijo ella.

Cansado, Victor desenfocó la vista y pensó en sus cosas. Una semana más, se dijo. Después se desconectaría, y en Nochevieja subiría al bote para el nuevo mundo.

Parpadeó al ver una sombra en un rincón, una sombra del tamaño de una persona, pero al siguiente parpadeo ya no la vio.

La sombra era Dor.

Había estado explorando el edificio a su manera, sin ser visto por nadie. Paseando entre las máquinas y el personal había tratado de entender un proceso que, a pesar de sus prolongadas observaciones, seguía dejándolo perplejo. De alguna manera aquel lugar curaba a los enfermos. Hasta ahí lo entendía. Sentía la misma punzada de tristeza que ante cualquier manifestación de la medicina moderna: Alli había muerto en soledad, sobre una manta, en el altiplano. ¿Y si hubiera pertenecido a aquella generación? ¿No habría sobrevivido muchos años?

Se preguntó si era justo que morir dependiese hasta aquel punto de cuándo se nacía.

Tras estudiar la gran máquina de la suite privada, y ver cómo entraba y salía la sangre del cuerpo, se acercó a Victor, que estaba sentado en el sillón, con un aparato en el oído; Victor, con cuyo destino debería enfrentarse como requisito para coronar el suyo.

¿Qué edad tenía aquel hombre, que al igual que Nim parecía recibir mejor trato que las otras personas? A juzgar por las arrugas de su piel, la escasez de su pelo y las manchas de vejez que salpicaban sus brazos, parecía haber gozado de una larga vida. Aun así, reparó en que tenía el ceño fruncido y las comisuras de los labios torcidas hacia abajo.

Un enfermo podía tener miedo —o incluso estar agradecido—, pero aquel hombre parecía... enfadado.

No, mejor otra palabra:

Impaciente.

49

AHORA QUE TENÍA el regalo de Ethan, Sarah solo necesitaba el momento y el lugar idóneos para dárselo.

Le mandaba mensajes sin parar, aunque él no contestaba. Quizá tuviera el móvil estropeado, pero ¿de qué otra manera podía ponerse en contacto con él? Faltaban pocos días de clase para las vacaciones navideñas. No podía confiar en encontrárselo en los pasillos, siempre llenos de gente. Además, en el instituto Sarah seguía su ejemplo y no le dirigía la palabra. Su relación era un secreto entre los dos.

Sabía que después de clase Ethan tenía entrenamiento de atletismo, así que decidió esperarlo a la salida del pabellón y «encontrarse» con él. En el pasillo, con el paquete entre las manos, apartaba la vista cuando pasaban los demás: las chicas *sexys* con su ropa de marca, los deportistas musculosos y fornidos, los modernos con sus gafas de pasta negra y sus sombreros a la última moda, los emos, con cara de vinagre, camisetas negras medio rotas y pendientes de tachuelas... A algunos los veía desde hacía cuatro años y nunca había intercambiado ni una sola palabra con ellos, pero el instituto funcionaba así: dictaba sentencia, y tú amoldabas a ella tu conducta. La sentencia sobre Sarah Lemon era la siguiente: demasiado lista, demasiado gorda y demasiado rara; por eso se dignaban tan pocos a dirigirle la palabra. Antes de conocer a Ethan había contado los meses que le faltaban para graduarse. Ethan, aquel chico increíble que había ignorado la sentencia. Y que la deseaba. Alguien la deseaba. Qué mayor se sentía al ser su novia... Le daban ganas de presumir de ello.

Vio acercarse a dos chicas, Eva y Ashley, a quienes conocía desde los ocho años. Llevaban tops de rayas muy ceñidos, y el tipo de vaqueros apretados en los que ella jamás cabría. Miraron en dirección a Sarah, que bajó automáticamente la vista hacia sus propios pies. Interiormente gritaba: «¿A que no adivináis a quién espero?». Pero justo entonces sonó su teléfono, el *riff* de rock duro que anunciaba una llamada de su madre, y mientras se apresuraba a silenciarlo oyó las risas de Eva y Ashley.

De repente le dio vergüenza seguir esperando. Se guardó el regalo para Ethan en el bolsillo del abrigo y se fue. De todos modos, él no se creería que fuera una casualidad, y Sarah no tendría ninguna otra explicación que la verdad: que ahora lo perseguía, literalmente.

Al salir le mandó otro mensaje.

50

VICTOR ENTRÓ EN **silla de ruedas en su despacho privado. Solo al cerrar la puerta vio apoyado en la pared al aprendiz de la tienda de relojes.**

—¿Cómo ha entrado usted aquí? —preguntó.

—Ya tengo listo su reloj.

—¿Lo ha dejado pasar mi secretaria?

—Quería traérselo yo mismo.

Victor se rascó la cabeza en silencio.

—A ver, enséñemelo.

El aprendiz metió la mano en el bolso. Qué hombre más raro, pensó Victor. Si trabajara para mí estaría en el laboratorio. Sería uno de esos genios tímidos que un día inventan un producto que convierte la empresa en una mina de oro.

—¿Cómo sabe tanto de relojes? —preguntó.

—Durante una época me interesaban mucho.

—¿Y ahora ya no?

—No.

El aprendiz abrió un estuche y mostró el reloj de bolsillo, resplandeciente con todos sus adornos.

Victor sonrió.

—Le ha dado un buen repaso.

—¿Para qué quería este instrumento?

—¿Para qué? —Victor sopló por la nariz—. Bueno, es que dentro de poco saldré de viaje y quiero llevar un reloj resistente.

—¿Adónde va?

—No, nada, a desestresarme un poco.

A juzgar por su expresión, el aprendiz no había entendido la palabra.

—Desestresarme, descansar. Alguna vez saldrá de la trastienda, ¿no?

—He estado en otros sitios, si es a lo que se refiere.

—Sí —contestó Victor—, a eso me refería.

Examinó a su visitante. Tenía algo raro. Más que su ropa era su forma de hablar. Pronunciaba bien las palabras, pero fluían con poca naturalidad, como si las sacara de un libro.

—El otro día, en la tienda, ¿cómo supo que he nacido en Francia?

El aprendiz se encogió de hombros.

—¿Lo había leído en algún sitio?

Sacudió la cabeza.

—¿En Internet?

Silencio.

—Se lo pregunto en serio. Dígamelo. ¿Cómo sabía que he nacido en Francia?

El aprendiz bajó la vista unos segundos. Después miró a Victor de hito en hito.

—Le oí pedir algo de pequeño. Entonces ya quería tiempo, como ahora.

51

Por increíble que parezca, fue la madre de Sarah quien le dio la idea.

Mientras cenaban pechugas de pollo envueltas en hojaldre, Lorraine habló de una pulsera que pensaba comprarle su grupo de amigas a una de ellas que cumplía los cincuenta. Mandarían grabar una dedicatoria.

Sarah pensó inmediatamente en Ethan. Una dedicatoria en la parte trasera del reloj. ¿Cómo no se le había ocurrido?

—¿Sarah? ¿Me escuchas?

—¿Qué? Ah, sí.

Al día siguiente volvió a saltarse las últimas dos clases —algo atípico en ella, aunque ahora, con Ethan, también tenía que dedicarle tiempo— y volvió en tren a la ciudad. Entró en la tienda de relojes a última hora, cuando no había nadie, como la otra vez. Le daba pena aquella tienda: si no hacían negocio en Navidad, ¿cuándo lo harían?

—Ah, hola —dijo el dueño al reconocerla.

—¿Se acuerda del reloj que compré? —dijo Sarah—. ¿Me lo podrían grabar? ¿Lo hacen?

El dueño asintió con la cabeza.

—Genial.

Sarah sacó la caja de su bolso y la dejó en el mostrador. Después miró por la puerta de la trastienda.

—¿Está el otro señor?

El dueño sonrió.

—¿Quiere que lo haga él?

Sarah se sonrojó.

—No, no... Bueno, quiero decir que no sabía si lo hacía él. Me da lo mismo. Vaya, que... Sí, claro, si lo hace... Pero por mí lo puede hacer cualquiera.

En su fuero interno tenía la esperanza de que el aprendiz estuviera en la tienda. A fin de cuentas era la única persona con quien había hablado de Ethan.

—Voy a buscarlo —dijo el dueño.

Poco después Dor salió de la trastienda con su jersey de cuello negro, y tan despeinado como la otra vez.

—Hola —dijo Sarah.

Él ladeó un poco la cabeza al mirarla. Sarah pensó que tenía una expresión muy dulce.

Dor tomó el reloj.

—¿Qué quieres que ponga? —preguntó.

Sarah había elegido una dedicatoria muy sencilla.

Carraspeó.

—¿Podría poner...? —Redujo su voz casi a un susurro, aunque estuvieran solos en la tienda—. «Contigo el tiempo vuela.»

Dor la miró, extrañado.

—¿Qué significa?

Sarah arqueó las cejas.

—¿Es demasiado serio? Francamente, yo creo... Ya sé que suena tonto... Pero creo que es... pues que estamos hechos el uno para el otro. Pero tampoco quiero exagerar.

Dor sacudió la cabeza.

—No, la expresión. ¿Qué significa?

Sarah se preguntó si era una broma.

—¿Lo de que el tiempo vuela? Bueno, pues eso, que pasa muy deprisa, y de repente, cuando te quieres dar cuenta, ha pasado mucho más tiempo del que creías.

Dor apartó la vista. Le gustaba.

—El tiempo vuela.

—Con usted —añadió ella.

52

DESPUÉS DEL ENTIERRO, **el pequeño Victor siguió con la duda de si su padre volvería algún día como por arte de magia,**

y de si todo aquello —el cura, la familia que lloraba, el ataúd de madera— solo era una fase por la que se pasaba cuando tenían accidentes los mayores.

Se lo preguntó a su madre, y ella le dijo que rezara. Tal vez Dios supiese la manera de que pudieran estar los tres juntos. Se arrodillaron ante una pequeña chimenea. La madre de Victor echó un chal sobre sus hombros y los de su hijo. Al ver que cerraba los ojos, y que murmuraba algo, Victor la imitó.

—Por favor, que sea ayer —fueron sus palabras—, cuando llegó papá a casa.

Muy lejos, dentro de una cueva, las palabras del niño atravesaron un charco luminoso. Había millones de otras voces, pero los ruegos infantiles suenan distintos a nuestros oídos, y a Dor lo emocionó aquella sencilla petición. Es muy raro que los niños pidan que se invierta el tiempo. Normalmente tienen prisa. Quieren que suene el timbre del colegio, que llegue el día de su cumpleaños...

«Por favor, que sea ayer.»

Dor se acordaba de la voz de Victor, y aunque las voces se vuelvan más graves con la edad, para alguien destinado a escucharlas eternamente cada una de ellas era única, como una huella dactilar. En cuanto lo oyó hablar en la tienda, supo que era Victor.

Lo que no sabía era que el niño que había pedido el «ayer» intentaba apoderarse del «mañana».

Victor nunca volvió a rezar.

Después de que su madre se arrojara del puente desistió de rezar y del ayer. Llegó a América, y aprendió que los que aprovechaban más el tiempo eran los que más medraban, así que trabajó. Aceleró su vida. Se ordenó no pensar en su infancia.

Ahora, en su despacho del último piso, un hombre poco menos que desconocido devolvía a su memoria aquellos tiempos.

—Le oí pedir algo de pequeño. Ya entonces quería tiempo, como ahora.

—Pero ¿qué me está diciendo?

El aprendiz señaló el reloj de bolsillo.

—Todos añoramos lo perdido, pero a veces olvidamos lo que tenemos.

Victor miró el reloj, con su pintura de una familia.

Al mirar hacia arriba ya no vio al aprendiz.

—¡Eh! —gritó, suponiendo que era un truco—. ¡Eh, vuelva!

Acercó la silla de ruedas a la puerta. Ya venía Roger, junto con Charlene, su secretaria ejecutiva.

—¿Todo bien, señor D? —preguntó ella.

—¿Habéis visto a un hombre que acaba de salir corriendo?

—¿Un hombre?

Victor reparó en su cara de preocupación.

—Da igual —dijo, incómodo—. No he dicho nada.

Cerró la puerta. Su corazón latía muy deprisa. ¿Y si estaba perdiendo la cabeza? Sentía un descontrol muy raro en él.

Se llevó un susto al oír el teléfono. Su línea privada. Era Grace, que quería saber cuándo iría a casa. Estaba cocinando.

Victor expulsó el aire de sus pulmones.

—No sé si podré comerme la cena, Grace.

—Tú ven a casa y ya veremos.

—Vale.

—¿Pasa algo?

Miró el reloj de pulsera, y sin querer pensó en sus padres. Vio sus caras, que no había visto en años, y se enfadó. Tenía que reconducir la situación.

—No voy a seguir con la diálisis, Grace.

—¿Qué?

—No tiene sentido.

—Imposible.

Una larga pausa.

—Si la dejas...

—Ya lo sé.

—¿Por qué?

La voz de Grace temblaba. Victor se dio cuenta de que estaba llorando.

—Esto no es vida. ¡Dependo de una máquina! Ya oíste a los médicos.

Grace respiraba con fuerza.

—¿Grace?

—Ven a casa y lo hablamos, ¿vale?

—Ya estoy decidido.

—Siempre podemos hablar.

—Bueno, pero no pongas resistencia.

Victor hubiera preferido usar la frase en referencia a su auténtico plan, el de congelarse para vivir de nuevo, pero ya sabía que en eso Grace no querría participar, así que la dijo en aquel momento, pero refiriéndose a lo que solo él sabía.

—Yo no quiero resistirme a nada —susurró Grace—. La cuestión es que vengas.

53

ESTABA DECIDIDO. SE vería con Ethan en Nochebuena

en el Dunkin' Donuts, porque sabía que estaría abierto.
El plan se había formado por casualidad, aunque Sarah
prefería ver la mano del destino.

Los mensajes al móvil habían quedado sin respuesta.
Sin embargo, al salir de la tienda de relojes pasó al lado de
otra de las reuniones de «fin del mundo», y dado que cualquier idea despertaba la idea adyacente de llamar a Ethan,
marcó su número por puro impulso, pese a saber que casi
nunca se ponía.

Cuando oyó su voz se le hizo un nudo en la garganta.

—No te puedes imaginar lo que estoy viendo —dijo a
bocajarro.

—¿Quién es?

—Sarah.

Una pausa.

—Ah, Sarah. Creía que había marcado yo... Este móvil
hace cosas raras.

—¿A que no adivinas desde dónde llamo?

—No lo sé.

—De la mesa del Fin del Mundo de Washington Square
Park.

—Están locos.

—Ya lo sé, pero es que han dicho que la semana que viene se acaba el mundo, y como quería darte algo es mejor que no tarde demasiado.

—Un momento. ¿Qué has dicho del final del mundo?

—No sé, algo de indios, o de alguna religión... De esas cosas de frikis.

Sarah había leído más, pero no quiso parecer demasiado inteligente. ¿Cuándo le había servido de algo la inteligencia con los chicos?

—Bueno, qué, ¿cuándo quedamos? Es que quiero darte una cosa.

—No hace falta que me des nada, Sarah.

—No, si es una tontería, pero bueno, estamos en Navidad, ¿no?

—Ya... No sé...

Durante una pausa incómoda Sarah sintió un peso en la barriga.

—Solo será un ratito.

—Vale —dijo él.

—Tampoco podría ser muy largo, porque va a acabarse el mundo, ¿no?

—Ahí tienes razón.

No pareció que le diera la razón en absoluto.

Se decidieron por Nochebuena y el Dunkin' Donuts, porque Ethan tenía que ir a una fiesta por la zona. Al colgar, Sarah se alegró de tener algo en perspectiva. Trató de ignorar el tono ausente de Ethan con el pretexto de que los móviles nunca eran un buen barómetro de nada. Además, seguro que se ponía contento al ver el reloj. Nadie le haría un regalo tan especial.

Se acordó de los besos. Ethan la deseaba. Alguien la deseaba. Esta vez, se dijo, no estaría tan tensa con el tema físico. Le dejaría ir más lejos. Eso también le alegraría. Tenía gracia pensar en alegrarle.

Echó un vistazo al grupo de manifestantes apocalípticos. Algunos llevaban pancartas y, otros, un atuendo religioso. Desde una mesa, por unos altavoces, sonaba una canción en la que se fijó.

¿Por qué sigue brillando el sol?
¿Por qué corren las olas a la playa?
¿No saben que este mundo ya se acaba,
porque tú ya no me quieres nada? *

Qué deprimente, pensó. Y un poco cínico para aquel acto. Aun así, la voz de la cantante era tan triste y melancólica que Sarah sintió el impulso de seguir escuchando.

¿Por qué siguen cantando los pájaros?
¿Por qué brillan las estrellas en el cielo?
¿No saben que este mundo ya se acaba...?

Tomó un folleto de la mesa. En la portada ponía: «Se acerca el Final. ¿Cómo usarás el tiempo que te queda?».
Bueno, solo era miércoles. Perdiendo algún kilo.

---

* Estrofa de la canción «The End of the World», que popularizó en 1963 la cantante Skeeter Davis. Desde entonces, ha sido objeto de numerosas versiones. *(N. del T.)*

54

GRACE ESPERABA A que llegase Victor.

Se secó los ojos. Cortó la verdura.

Lorraine esperaba a que llegase Sarah.

Pasó la aspiradora. Se fumó un cigarrillo.

Esto pasará pronto.

Todas las personas del planeta —incluidos Grace, Lorraine, Victor y Sarah— dejarán de envejecer de golpe.

Y una persona empezará a hacerlo.

EL ADIÓS

Victor había hecho **los deberes. Sabía lo que comportaba morirse.**

Una vez interrumpida la diálisis se le disparó la presión sanguínea, se le hinchó todo el cuerpo, sufrió dolores de espalda y perdió el apetito. Eran síntomas que ya tenía previstos. Se obligó a ingerir pan, sopa y suplementos vitamínicos, para no debilitarse demasiado pronto.

El día de Navidad lo trasladaron de la silla de ruedas a una cama del salón. Grace se quedó toda la noche a su lado, durmiendo en un diván. Había aceptado el falso plan por las mismas razones por las que Victor estaba seguro de que no aceptaría el verdadero: porque dejarse morir era algo natural, la aceptación de la voluntad divina. Si él era capaz de interrumpir serenamente la diálisis, también ella podría hacerlo.

Aun así, por la mañana, Grace disimuló una lágrima cuando Victor le pidió a Roger que trajese unas carpetas. No te enfades, se dijo al doblar una pajita y meterla en un vaso de agua para Victor. Es como se aferra a la vida: sus papeles, sus negocios... Él es así. No sabía que los documentos que traía Roger eran para proteger el futuro imperio de Victor.

Acercó el vaso a su marido, que prefirió sostenerlo él a que se lo sujetase. Después de unos sorbos lo dejó. Grace vio su cara de preocupación.

—No pasa nada, Grace. El mundo está hecho así.

Pero el mundo no estaba hecho para ser así,

no para congelarse y repetir. Victor, con todo, estaba decidido a controlar su muerte tal como había controlado su vida. ¿Qué se le dormían pies y manos? ¿Qué se le ponía la piel de un gris enfermizo? Ambas cosas se identificarían como síntomas de la última fase de la insuficiencia renal. Lo previsto sería la muerte. Nadie sospecharía que se trataba de un plan alternativo: congelar a Victor antes de que se muriese. En ese momento los únicos presentes serían Roger, Jed y un médico y un forense elegidos con el mayor cuidado posible. Y a todos se les pagaría con creces su silencio.

Sobre el papel, la muerte llegaría cuando ellos escribieran que había llegado.

Y sin embargo, la muerte nunca pondría sus manos sobre Victor.

La esquivaría. Y saltaría a bordo de un bote hacia el futuro.

—Escucha, Grace —dijo con voz ronca—, me doy cuenta de lo duro que ha sido, pero ya están hechas todas las previsiones para cuando ya no esté. Me refiero al papeleo. Roger lo repasará contigo. Lo importante es que...

Pensó en qué decir. Quería ser sincero.

—Lo importante es que nunca tendrás que preocuparte.

A Grace se le empañaron los ojos.

—Nunca he estado preocupada —dijo.

Tomó la mano de Victor y la acarició.

—¿Sabes que te echaré de menos?

Él asintió con la cabeza.

—Muchísimo —añadió ella.

Apretaron los labios, y a Victor le costó tragar saliva. En aquel momento estuvo a punto de contarlo todo, pero los momentos se toman al vuelo o se dejan pasar.

Él lo dejó pasar.

—Yo también —dijo.

56

VEÍA EN ETHAN **al único amor de su vida, pero él no le correspondía.**

Quedó claro en Nochebuena, en el aparcamiento del Dunkin' Donuts, cuando Sarah, a las 21.16, le entregó una caja envuelta en papel de colores que contenía un reloj de su película favorita, y al fin expresó sus sentimientos, que había retenido en su interior como una estrella a punto de explotar, lo que solo le había contado al hombre de la tienda de relojes y al espejo de su dormitorio. Pero antes de acabar, de pronunciar las últimas palabras de «oye, mira... ya sé que es una locura... pero es que te quiero, ¿sabes?», Ethan empezó a poner los ojos en blanco como si buscase a algún amigo para decirle: «Estoy flipando».

En ese momento Sarah tuvo ganas de fundirse en el suelo, como simple cera derretida en un charco, y desaparecer por una alcantarilla. Los ojos de Ethan. Su mirada. Ni el menor interés. Humillación total. Los minutos de conversación embarazosa hasta que él dijo «Oye, Sarah, que me tengo que ir» le parecieron años. Habría querido explicarse mejor y borrar sus palabras. Podía esperar. Podía esperar eternamente. *¡No lo estropees! ¡No hagas que se acabe!* Pero cuando Ethan le devolvió el regalo sin abrirlo y se marchó con las manos en los bolsillos, sacando su móvil a media manzana para llamar... ¿A quién, a otra chica, a un amigo con quien reírse de aquella imbécil que acababa de decirle —pero ¿sería posible que lo hubiera dicho?— que él era «su chico ideal»? *Pero Sarah, por Dios, ¿qué te pasa?* Sarah se volvió hacia un nuevo acompañante en el aparcamiento, al que no veía nadie más que ella: un demonio, un ser hecho de dolor que la rodeó con su huesuda garra y le dijo:

—Ahora vives conmigo.

Sarah Lemon solo tenía diecisiete años, pero en aquel momento empezó a desvincularse de la vida. Se sentía sola, abandonada. Y todo por culpa suya. ¿Cómo podía haber desperdiciado algo tan insólito, a un chico como Ethan, que jamás la había mirado, ni volvería a mirarla? Se habían besado, y él la había deseado, pero Sarah le había parado los pies, y evidentemente él había decidido que no valía la pena esforzarse; algo que ella sabía desde el principio. ¿Por qué no se había quedado calladita, sumisa a sus deseos? Francamente, ¿para quién se reservaba? Ni que fuera a aparecer alguien mejor...

Mareada y con un nudo en el estómago, guardó el regalo en el bolsillo del abrigo. Se moría de ganas de llamar a Ethan, pero de pronto comprendió la verdad: que no podía llamarlo, ni verlo; lo de ellos dos se había acabado sin remedio. Se cayó al suelo como un saco de arroz, y lloró de rodillas hasta que le dolió el pecho de tanto jadear. Sentía en las palmas de las manos la presión de la grava del asfalto. Se quedó en esa posición hasta que un empleado del Dunkin' Donuts abrió la puerta y se puso a gritar.

—Eh, ¿qué haces aquí fuera? ¡Vete a otro sitio!

Sarah se levantó y se alejó, tambaleándose. Un corazón partido en dos pesa más que un corazón entero: se estrella en el pecho como un avión averiado. Sarah remolcó sus restos a su casa, los aupó a su dormitorio y se metió con ellos en un oscuro y profundo agujero.

57

Dor se sentó en un rascacielos, con los pies colgando. A sus pies, la ciudad se desplegaba llena de azoteas, torres y luces en las ventanas.

Sostenía el reloj de arena pero sin girarlo. Dejaba pasar el tiempo a su velocidad normal, mientras pensaba en las órdenes del viejo.

Ya había encontrado a las dos personas y había dedicado los últimos días a seguirlos. Había detenido muchas veces el mundo en torno a Sarah y Victor, esforzándose por entender sus vidas, y había deducido lo siguiente: a pesar de ser tan rico, Victor no podía hacer gran cosa para detener su enfermedad y, a juzgar por cómo se había quedado tirada en el aparcamiento, Sarah quería más al chico alto que él a ella.

Era desconcertante, la complejidad de sus mundos. Dor venía de una época anterior a la escritura, una época en que para hablar con alguien se le hacía una visita. Nada que ver con esos tiempos cuyas herramientas —teléfonos y ordenadores— permitían a la gente moverse con una rapidez de vértigo. Pero por muchas cosas que lograsen nunca estaban en paz consigo mismos. Consultaban sin cesar sus aparatos para saber la hora, exactamente lo que Dor, antaño, había tratado de determinar mediante un palo, una piedra y una sombra.

«—¿Por qué medías los días y las noches?

—Para saber.»

Allá, con la ciudad a sus pies, el Padre Tiempo comprendió que no era lo mismo saber algo que entenderlo.

58

NADA DE MORFINA. **Todavía no. Victor tenía que seguir al mando.**

Se le había acelerado la respiración, debido al esfuerzo del organismo por exhalar bastante deprisa el monóxido de carbono para combatir su aumento de acidez.

Ya no faltaba mucho.

Acudieron visitas, pocas —sobre todo contactos del trabajo—, para presentarle sus últimos respetos. También hubo quien quiso ir pero no pudo, porque Victor le dijo a Grace que no estaba con ánimos para la despedida; y era cierto, pero más que nada porque no tenía la impresión de estar a punto de irse. Las últimas semanas de agonía acostumbran a estar marcadas por el miedo, o por las despedidas. A Victor se le habían ido en hacer planes. Tenía su estrategia de escape. Que ahora incluía el siguiente detalle:

Cada año, en Nochevieja, Victor y Grace cumplían con la tradición de ir a una gala en la que entregaban un cuantioso donativo a su organización benéfica. La cantidad donada era un reflejo del éxito del fondo de inversión de Victor durante aquel año.

—Deberías ir, Grace —había dicho el día anterior.

—No.

—Tienes que entregar el cheque.

—Me niego a dejarte solo.

—Será muy importante para todos.

—Pues que lo entregue otra persona.

Victor dijo otra mentira.

—Para mí sería muy importante.

Grace estaba sorprendida.

—¿Por qué?

—Porque no quiero que se rompa la tradición. Quiero que lo hagas este año, el que viene y espero que muchos más.

Grace vaciló. La gala había sido idea suya. A Victor nunca le había entusiasmado, hasta el punto de que algunos años discutía con ella para no ir. Se preguntó si no sería una especie de disculpa, una manera de decir «lo siento».

—Vale —dijo—, pues iré.

Victor asintió. Parecía aliviado.

—Será bueno para todos.

Sarah se despertó **a las dos de la tarde, mientras Lorraine daba golpes en su puerta.**

—¡Sarah!

—¿...qué...?

—¡¡Sarah!!

—¡Que estoy despierta!

—¡Llevo cinco minutos aporreando la puerta!

—¡Tenía puestos los auriculares!

—¿Qué te pasa?

—¡Nada!

—¡Sarah!

—¡Déjame!

Al oír que se alejaba se dejó caer en la almohada y soltó un gemido. Le dolía la cabeza y tenía la boca como de algodón. Por suerte, Lorraine no estaba cuando volvió a casa y le había robado dos pastillas para dormir antes de encerrarse con llave en su habitación. Tenía la cabeza como un bombo. Dio media vuelta en la cama y lo revivió todo: sus palabras de la noche anterior, las de Ethan... Al ver el regalo en la silla, sin desenvolver, rompió a llorar. Lo agarró, lo tiró a la pared y lloró con más fuerza.

Pensó en el momento en que Ethan se fue. Qué impotencia... No podía terminar así. No podía ser su último encuentro. Alguna solución tenía que haber.

Un momento. ¿Y si le escribía? Podía retirarlo todo e inventarse alguna excusa. El regalo era broma. Estaba borracha. Problemas domésticos. Lo que fuera. Por escrito era más fácil controlar las cosas, ¿no? Así no repetiría los mismos errores, ni se le escaparían las palabras que habían asustado a Ethan.

Se secó las lágrimas.

Se sentó ante su escritorio.

El sentido común le habría aconsejado mantenerse a distancia de Ethan, pero en el primer amor no ha habido nunca sitio, ni lo habrá, para el sentido común.

Prefirió no mandarle un mensaje.

No quería que saliese en la pantalla del móvil. Lo que podía enviarle era un mensaje privado por Facebook. Se aferró al borde de la mesa, pensando qué decir.

Empezaría así: «Oye, que lo siento...». De ahí pasaría a argumentar que comprendía la razón de su disgusto, que a veces ella se tomaba las cosas demasiado a pecho y que... pues lo que se le ocurriese. Mientras no se lo tomara demasiado en serio, tal vez Ethan tampoco lo hiciera.

Encendió su ordenador.

Vio iluminarse la pantalla.

Hubo un tiempo en el que dos enamorados, si estaban lejos el uno del otro, mojaban de tinta un pergamino y a la luz de una vela escribían palabras imposibles de borrar.

Dedicaban toda una velada, e incluso dos, a poner sus pensamientos por escrito. Antes de entregar la carta al correo escribían un nombre, una calle, una ciudad y un país, y cerraban el sobre con lacre derretido, en el que imprimían el sello de su anillo.

Era un mundo que Sarah no había conocido. Ahora se imponía la velocidad sobre la calidad de las palabras. Lo principal era un mensaje rápido. Si Sarah hubiera vivido en un mundo más antiguo y lento, no habría ocurrido lo que ocurrió después. Pero Sarah vivía en este mundo.

Y ocurrió.

Entró en la página de Facebook de Ethan.

Allá estaba su foto, con la mata de pelo de color café, los ojos de dormido y la sonrisa de vaga diversión, pero antes de clicar para enviarle un mensaje los ojos de Sarah se posaron en el último post. Después parpadearon. Y se llenaron de lágrimas. Empezó a invadirla una especie de mareo. Lo leyó dos veces. Tres. Cuatro.

«Se me ha insinuado Sarah Lemon. ¡Buf! Ni lo sueñes. Por hacerme el simpático.»

De repente no podía tragar. Ni respirar. Si se hubiera declarado un incendio en el cuarto, Sarah se habría quedado churruscada, porque era incapaz de levantar su cuerpo de la silla. Parecía que se le hubiera enroscado el estómago en un palo y se lo estirasen por las puntas.

«Se me ha insinuado Sarah Lemon.»

Su nombre aparecía en la página de Ethan.

«¡Buf! Ni lo sueñes.»

Un gato inoportuno que intentaba subirse a su regazo.

«Por hacerme el simpático.»

¿Nada más? ¿Solo hacerse el simpático?

Sarah tuvo escalofríos y empezó a hiperventilar. El post encabezaba una larga columna: las caras de decenas de personas que habían dejado comentarios.

«¿En serio?», decía uno.

«Tú + Sarah = k asco.»

«Un *¿Qué les pasa a los hombres?* serie C.»

«Demasiado culamen, tío.»

«Ya decía yo que era un pendón.»

«¡Huye, tío!»

Era como esas pesadillas en las que sales desnudo al escenario y todos te señalan. Ethan se lo había contado al mundo, el mundo estaba de su parte, y a partir de ese instante, para siempre jamás —¿o acaso no era el ciberespacio un «para siempre» instantáneo?—, Sarah Lemon sería alguien con quien había que ser simpático, una chica patética que no se enteraba de nada, el azote de su generación, el escalón más bajo de todos, una fracasada.

«Se me ha insinuado Sarah Lemon.»

¿Ella a él? ¿Pero los besos no los había dado Ethan?

«¡Buf! Ni lo sueñes.»

¿Tanto asco daba Sarah?

«Por hacerme el simpático.»

¿Había sido caridad? ¿El guapo que se apiada de la fea?

«¿No es la empollona de ciencias?»

«Con las psicópatas, simpatía cero.»

«Esta tía delira.»

«K mal, Ethan.»

Sarah cerró el ordenador de golpe, y oyó salir el aire por su boca: exhalar, exhalar, exhalar. Después se lanzó escaleras abajo y corrió hasta la calle, mientras los avatares de Facebook daban vueltas en su cabeza, se reían de su dolor y repasaban fracasos anteriores como las páginas gastadas de un álbum familiar. Volvía a ser Sarah la rechoncha, la que se había ido corriendo del colegio porque una niña se burlaba de ella. Volvía a ser Sarah la empollona, con su libro de ciencias en un rincón de la cantina. Y ahora era Sarah la delirante, Sarah la acosadora loca, un post en la página de Facebook de Ethan, una broma que pasa de un ordenador a otro como esas pelotas hinchables de playa que se pasa el público de un concierto y que nunca tocan el suelo.

Corrió tiritando bajo una fina capa de nieve, mientras el frío solidificaba un reguero de lágrimas sobre su rostro.

No tenía a nadie con quien hablar. No tenía a nadie que la tranquilizase. Todo era negrura, soledad; y al instituto jamás regresaría. ¿Qué hacer? ¿Qué hacer?

Por primera vez pensó en matarse: cuándo y cómo.

El porqué ya lo tenía.

LA NOCHEVIEJA

60

ERAN LAS OCHO **de la tarde. Grace se vestía delante del espejo.**

No tenía ganas de ir. Saludaría, entregaría el cheque y volvería lo antes posible. Ya estaba maquillada. Ya estaba peinada. Faltaba por subir la cremallera del vestido, cosa de la que siempre se había encargado Victor. Echó los brazos hacia atrás y tanteó infructuosamente. A la tercera tentativa sus dedos dieron con la cremallera y lograron subirla. Entonces se echó a llorar.

Fue a la cocina, sirvió un poco de té frío de jengibre, se secó los ojos y llevó el vaso a Victor. Parecía dormido.

—¿Cariño? —susurró.

Victor abrió los ojos y parpadeó. El vestido de Grace era de raso, con volante de tul y cristales cosidos a la tela.

—Mírala qué guapa.

Grace se mordió el labio inferior. ¿Cuánto tiempo hacía que Victor no le echaba un piropo? Al principio eran frecuentes: «¿Qué, cómo sienta ser la más guapa de la sala?», le susurraba en las fiestas del club de campo.

—No quiero ir. Qué voz tienes...

—Ve, que en una noche no pasará nada.

—¿Me lo prometes?

—Ve y vuelve.

—Te he traído un poco de té.

—Gracias.

—Asegúrate de que se lo beba —le dijo Grace a Roger, que permanecía diligentemente sentado en un rincón de la sala de estar.

Roger asintió con la cabeza. Grace se giró hacia su marido.

—¿Te gustan estos pendientes? ¿Te acuerdas de que me los regalaste cuando cumplimos treinta años de casados?

—Sí.

—A mí siempre me han encantado.

—Te quedan de maravilla.

—Nos vemos dentro de unas horas.

—Vale.

—Tardaré lo menos que pueda.

—Y yo...

Victor no acabó la frase.

—¿Qué, cariño?

—No, nada, que yo estaré aquí.

—Me alegro.

Grace le dio un beso en la frente y unas palmaditas en el pecho. Después se levantó con rapidez, disimulando que lloraba, y se marchó. El ruido de tacones se alejó por el pasillo.

Victor dudaba, sintiéndose culpable.

Su última frase había sido una mentira. Grace no lo encontraría al volver. Victor se habría marchado durante su ausencia. Estaría de camino a las instalaciones de criónica. Era el plan, la razón de que la hubiera animado a ir a la gala.

Estuvo a punto de llamarla, pero tuvo un mareo y se le desplomó la cabeza. Se giró de lado. Las próximas horas serían la culminación de todo lo que planeaba desde hacía semanas, meses, por no decir toda su vida adulta. No era momento para desviarse del plan, sino de cumplirlo.

Pero...

Llamó a Roger, que se acercó y se agachó. Victor le susurró unas palabras al oído.

—¿Me has entendido? —dijo sin aliento—. En ese caso ¿no vacilarás?

—Lo he entendido —dijo Roger.

Victor aspiró sin fuerzas.

—Pues entonces vamos.

61

ERAN LAS OCHO de la tarde. Lorraine se vestía delante del espejo.

Odiaba celebrar la Nochevieja, pero lo hacía cada año. Sus amigas divorciadas habían pactado no dejarse nunca solas en las noches como aquella, más proclives a la soledad.

Se roció de laca el pelo y se asomó al pasillo para ver si Sarah había salido. Estaba preocupada por su hija, que llevaba cinco días sin apenas salir de su cuarto, ni cambiarse de ropa; no se quitaba unos pantalones negros de chándal y una camiseta vieja de color verde. Lorraine habría querido preguntarle para quién se había puesto los tacones, pero eran temas que siempre se le iban de las manos. Sarah le haría el vacío.

Se acordó de cuando celebraban el Fin de Año en familia, y de aquel diciembre en que los tres habían ido al centro y en Times Square, ateridos, habían visto caer la bola. Sarah tenía siete años. Aún era bastante pequeña para que Tom se la pusiera encima de los hombros. Se comió unas nueces garrapiñadas de un puesto callejero. Justo antes de las doce empezó a nevar, y Sarah gritó, junto con un millón de voces: «tres... dos... uno... ¡Feliz año nuevo!».

Lorraine estaba contenta, había hecho muchas fotos, pero luego, en el coche, Tom le había dicho, quitándole la nieve del pelo: «Bueno, ya no hace falta que lo repitamos».

Fue al cuarto de Sarah y llamó.

Oyó música lenta. Una voz femenina.

—¿Cariño?

La respuesta no fue inmediata.

—¿Qué? —dijo una voz monocorde.

—Nada, que quería decirte adiós.

—Adiós.

—Feliz año nuevo.

—Eso.

—No volveré muy tarde.

—Adiós.

Lorraine oyó una bocina: sus amigas.

—¿Tú saldrás con alguien?

No le gustaba ni preguntarlo.

—No, mamá, es que no quiero salir.

—Ah, bueno. —Sacudió la cabeza—. Mañana desayunaremos juntas, ¿vale?

Silencio.

—¿Sarah?

—No muy temprano.

—No muy temprano —dijo Lorraine.

Otra vez la bocina.

—Después te llamo por teléfono, cariño.

Bajó por la escalera y suspiró al llegar a la puerta. Se alegraba de que no le hubiera tocado conducir. Le apetecía mucho, mucho, tomar una copa.

Sarah ya había bebido: una botella de vodka del mueble bar del comedor.

Sería la última noche de su vida. Era lo más lógico. Su madre había salido. La casa estaba en silencio. No había peligro de que la descubriesen. ¿No decían que Nochevieja era la noche más solitaria del año? Le consoló saber que en algún punto del planeta podía haber alguien tan triste como ella.

¿No saben que este mundo ya se acaba,
porque tú ya no me quieres nada?

Se había descargado la canción después de averiguar quién la cantaba, y la escuchaba por el móvil desde hacía varios días. Casi no salía de su cuarto. No se lavaba, y apenas comía. El día antes, al verla salir del baño con los mismos pantalones negros de chándal y la misma camiseta verde, su madre le había preguntado: «¿Qué te pasa, cariño?», y Sarah, mintiendo, había dicho que estaba preparando exámenes, y que por eso iba un poco descuidada.

Bebió de la botella, sintiendo el ardor del vodka en su garganta. Puede, pensó, que cuando me haya muerto le pregunten a Ethan por el vodka, y él no tenga más remedio que reconocer que hace pocas semanas estuvo bebiendo con aquella chica que no le interesaba para nada. Sarah sabía que no era capaz de volver a verlo, ni a nadie que lo conociese o supiese lo ocurrido entre ellos; lo cual, a esas alturas, equivalía a todo el mundo, ¿no? No había tapadera ni refugio posibles. No podía esconderse en clase bajando la cabeza y parapetándose detrás del brazo. Era como si lo viese: su nombre en boca de todos, sonrisitas a escondidas, cada vez más comentarios en la red... «¿En serio?» «¡Huye, tío!» «Ya sabía yo que era un pendón.» ¡Por Dios! ¡Cómo les gustaba dejarla por los suelos, y sumarse a la incredulidad de Ethan al ver que la fracasada de Sarah Lemon pretendía salir de su agujero! Se sentía despreciable, vacía. No había ninguna esperanza de solución.

Y sin esperanza, el tiempo es un castigo.

—Que se pare ya —susurró.

Bajó dando tumbos al garaje con el vodka y el teléfono.

62

EL PADRE TIEMPO los había estado observando a los dos.

Primero se acercó al cuerpo agonizante de Victor. Vio que Roger lo subía a una furgoneta y la siguió hasta las instalaciones de criónica, donde se abrió ruidosamente una persiana metálica.

Vio descargar y trasladar como un simple paquete al decimocuarto hombre más rico del mundo.

Faltaba una hora para las doce de la última noche del año. Roger y Jed bajaron las barandas laterales de la cama de Victor. Un médico y un forense conversaban en voz baja. Tenían documentos en las manos. Cerca había una enorme bañera llena de hielo, de mayor tamaño que un cuerpo humano.

Victor casi estaba inconsciente. Su respiración era muy superficial. Cuando el médico le preguntó si quería un sedante, sacudió la cabeza.

—¿Los papeles están bien? —masculló.

El forense le dijo que sí. Entonces inhaló profundamente y cerró los ojos. Lo último que vio fue que Jed, el director, le quitaba un reloj de las manos y decía:

—Le prometo cuidarlo.

Cuatro manos se deslizaron por debajo de su cuerpo para levantarlo.

Pero al fondo estaba Dor.

Que giró el reloj de arena.

Mientras tanto, en un garaje del extrarradio, Sarah Lemon había girado la llave de contacto del Ford Taurus azul.

Ahora solo tenía que esperar. Los gases se encargarían del resto. Así de sencillo. Se merecía algo fácil. Bebió un trago de vodka, que se le derramó por la barbilla y por la camiseta. La canción triste sonaba sin tregua en su teléfono móvil, aunque casi se perdía, apagada por el ruido del motor.

Por la mañana, al despertarme, me pregunto
por qué está todo igual que antes.
No entiendo, de verdad que no lo entiendo,
cómo sigue la vida sin pararse.

—Déjame en paz —murmuró Sarah, visualizando a Ethan con su pose de chulo, su pelo abundante y su forma de caminar.

Se dijo que lo lamentaría. Se sentiría culpable.

¿Por qué aún me late el corazón?

Todo le daba vueltas.

Y estos ojos, ¿por qué lloran?

Se desplomó hacia atrás.

¿No saben...

Tosió.

...que es el fin del mundo?

Volvió a toser.

Se acabó cuando dijiste adiós.

Sus ojos empezaron a cerrarse. De repente fue como si todo se parase. Le pareció que se acercaba alguien por detrás del parabrisas y le gritaba algo.

63

DOR GRITÓ DE **frustración.**

Ya había girado el reloj. ¿Qué más podía hacer? Tenía la facultad de suspender el tiempo, pero no del todo. Los coches que había examinado siempre se movían, aunque su velocidad fuera infinitesimal. Las personas a quienes estudiaba seguían respirando, pero tan despacio que les pasaba desapercibida su presencia.

El poder del reloj de arena le había permitido manipular y exprimir los momentos que lo rodeaban —un poder que superaba cualquier facultad de comprensión de quien lo recibía—, pero Dor se dio cuenta de que no bastaba. Tarde o temprano acabaría por pasar el tiempo. Victor terminaría cubierto de hielo y seccionado. El monóxido de carbono acabaría difundiéndose por el torrente sanguíneo de Sarah, provocando hipoxia, intoxicación del sistema nervioso y paro cardíaco.

No podían haberlo enviado a la Tierra para eso, para verlos morir. Eran la misión de Dor, su destino; y sin embargo ambos habían tomado medidas radicales antes de que Dor pudiera tener alguna incidencia en sus vidas. Había fracasado. Era demasiado tarde.

A menos que...

«Nunca es demasiado tarde o demasiado pronto —había dicho el anciano—. Es cuando tiene que ser.»

Se puso en cuclillas delante de dos cubos de basura. Después juntó las manos, se tapó los labios y cerró los ojos como en la cueva, cuando intentaba aislar alguna voz de entre los millones de voces del exterior.

«Es cuando tiene que ser.»

¿Aquel momento? Pero ¿cómo podía mantenerse dentro de él? Repasó todo lo que sabía sobre el tiempo.

¿Cuál era la constante?

El movimiento. Sí. En el tiempo siempre había movimiento. La puesta de sol. Las gotas de agua. Los péndulos. La arena que caía constantemente. Para cumplir su destino era necesario que cesase todo aquel movimiento. Tenía que lograr que el tiempo dejase de fluir por completo.

Abrió los ojos y se levantó con rapidez para meter los brazos en el coche y levantar a Sarah por las rodillas y los hombros.

El año estaba a punto de acabarse. Faltaban solo unos minutos para que empezase otro. El Padre Tiempo sacó a la chica moribunda del garaje y se la llevó por la nieve. Se podían contar los copos suspendidos en la luz de la luna.

Cruzó un paisaje invernal de tráfico y luces festivas.

Sarah, con el rostro apoyado en el pecho de Dor, lo miraba con los párpados entrecerrados. A Dor le daba lástima aquella chica. «Alguien que quiere demasiado poco tiempo.» Así la había descrito el anciano.

Pensó en sus hijos, y en si habían llegado a ser tan infelices como para renunciar al mundo. Esperó que no, pero ¿no había anhelado él mismo el final de su vida, no una sino muchas veces?

Recorrió una autopista y un túnel y el aparcamiento lleno de un estadio con un letrero donde ponía FIESTA hip hop de año nuevo hasta el amanecer. Caminó dos días, según su reloj —apenas un segundo para el nuestro—, hasta llegar a un polígono industrial sin luces y después al edificio de las instalaciones de criónica.

Tenía que juntar a Sarah y a Victor. Si aquel momento era «cuando tenía que ser», Dor ya no podía transitar por dos vidas.

Llevó a Sarah a la nave que contenía los grandes cilindros de almacenamiento. Después de apoyarla en una pared levantó el cuerpo de Victor de la cama, donde estaba rodeado por otras personas, y lo llevó a la nave para colocarlo junto a Sarah. Después aplicó el pulgar a sus muñecas, hasta sentir en ambos un lentísimo latido. Estaban en suspenso, pero aún vivían.

Lo cual significaba que la idea de Dor no era del todo inviable.

Se puso en cuclillas a su lado, les agarró las manos y las acercó al reloj de arena.

Flexionó sus dedos en torno a las columnas salomónicas del tejadillo de oro que cerraba el reloj, con el fin de conectarlos a la fuente de su poder. Después puso sus propias manos encima y, apretando con fuerza, lo hizo girar.

La tapa se desprendió, y al ser apartada por Dor flotó en el aire con una luz azul que los iluminó a los tres. Al mirar la mitad superior del reloj, Dor vio la arena blanca al descubierto; era fina y reluciente y emitía los mismos destellos que un diamante.

«Aquí dentro están todos los momentos del universo.»

Titubeó. O tenía razón, y a su historia le esperaba un final desconocido, o bien se equivocaba, y su historia se había terminado.

Juntó el pulgar y el índice, y mientras susurraba la palabra «Allí» —si debía morir, quería que fuera lo último que saliera por su boca— los metió en la arena, hacia el estrecho embudo que separaba la arena caída de la que aún estaba por caer.

Sintió inmediatamente el vértigo mental de mil millones de imágenes. Sus dedos estaban como electrizados, se fueron alargando y haciendo cada vez más estrechos. Al final eran como alfileres, y se introdujeron por el cuello del reloj de arena. Por la conciencia de Dor discurría cada instante del universo. También su pensamiento viajaba por aquel cristal, atravesando lo ocurrido y lo que aún estaba por ocurrir.

Finalmente, con un poder de origen sobrehumano, unió las puntas de lo que fueron sus dedos y fue como si sus ojos estallasen en una miríada de colores. Su cabeza salió como despedida hacia atrás.

Había apresado un solo grano de arena justo antes de que tocase el fondo.

Y he aquí lo que ocurrió después.

En todas las costas, de Los Ángeles a Trípoli, el rizo de las olas se detuvo.

Las nubes dejaron de moverse. Los fenómenos meteorológicos se pararon. Las gotas de una lluvia mexicana quedaron suspendidas en el aire y una tormenta de arena tunecina se solidificó en una nube de granos.

No se oía nada en todo el planeta. Sobre las pistas de los aeropuertos flotaban silenciosos los aviones. El humo de los cigarrillos se había solidificado en las manos de los fumadores. Todos los teléfonos estaban mudos, y todas las pantallas en blanco. Nadie hablaba. Nadie respiraba. La luz del sol se repartía el planeta con la oscuridad, y los fuegos artificiales de Año Nuevo salpicaban inmóviles el cielo nocturno, como una llovizna de verdes y morados, como si unos niños hubieran pintado el firmamento antes de salir corriendo.

Nadie nacía. Nadie moría. Nada se acercaba a nada. Tampoco nada se alejaba. La proverbial marcha del tiempo había hincado las rodillas en el suelo.

Un hombre.

Un grano de arena.

El Padre Tiempo había detenido el mundo.

LA SUSPENSIÓN

64

VICTOR SE ESPERABA **más dolor.**

Al margen del cáncer, y de que se le estuviera pudriendo el hígado, se había imaginado como algo traumático el *shock* de la congelación. Recordaba un evento deportivo —parte de una fiesta— en que le tiraron un cubo de agua helada por la cabeza, y había sentido sus terminaciones nerviosas como si las hubieran rascado con cuchillos. ¡Qué no serían los efectos de una inmersión total en hielo! Fue lo que pensó al cerrar los ojos dentro de las instalaciones de crionica.

Pero no, de repente se sentía muy ligero, con una libertad de movimientos que no recordaba desde hacía mucho tiempo. Se aferró a un lado de la cama... No, no era la cama, sino una especie de... reloj de arena. Vio que estaba en la nave de los cilindros gigantes de fibra de vidrio. ¿Qué pasaba?

Se levantó.

No le dolía nada.

Tampoco estaba la silla de ruedas.

—Y usted ¿quién es? —preguntó una voz de chica.

65

SARAH CREÍA TENER **entre sus manos el volante.**

Sin embargo, cuando se despejó vio que su mano estaba en la columna de un reloj de arena, un reloj bastante raro. Supuso que era un sueño. No podía ser otra cosa. ¿Una sala que nunca había visto? ¿Un viejo dormido en el suelo, en albornoz? Como se encontraba muy bien, y ni siquiera notaba los efectos del alcohol, se levantó y miró a su alrededor, libre y ligera, como cuando soñamos que flotamos por encima del suelo.

Un momento...

Dio patadas. No sentía el suelo.

Un momento...

¿Dónde estaba el garaje? ¿Y el coche? ¿Y la canción? De pronto recordó la oscuridad que la había asfixiado hasta hacerla desear la muerte. ¿Ya se había muerto? ¿Dónde estaba?

Salió del almacén por un pasillo que llevaba a otra sala más pequeña. Se asomó y retrocedió. Le había parecido ver a cuatro hombres alrededor de una bañera grande. Lo raro era que no se movían. Tampoco se oía nada. De repente fue como un sueño de esos de zombis. Al volver rápidamente a la otra sala, la grande, donde se había despertado, vio que el viejo estaba de pie y se paseaba.

—Y usted ¿quién es? —gritó.

Él la miró con mala cara.

—¿Quién eres tú? —replicó—. ¿Cómo has entrado?

Sarah no se esperaba una respuesta, y menos con tono de reproche. De repente tuvo mucho miedo. ¿Y si no era un sueño? ¿Qué había hecho? Vio una sola puerta abierta cerca de la zona de descarga. Corrió y salió a la noche nevada. En la calle había un coche con los faros encendidos, pero no se movía. También había una gasolinera que parecía abierta, pero un cliente sujetaba la manguera como un centinela montando guardia. Lo más raro de todo era que los copos de nieve estaban suspendidos en el cielo, y cuando Sarah trataba de apartarlos los atravesaba con la mano.

Se dejó caer, hecha un ovillo. Tapándose los ojos, y apretando los párpados, trató de comprender si estaba viva o muerta.

66

VICTOR SE PREGUNTÓ si estaba en el limbo.

Había oído historias de gente que creía flotar durante experiencias cercanas a la muerte. Quizá la congelación en vida tuviera el mismo efecto: el cuerpo se inmovilizaba, pero el alma quedaba en libertad. ¿Sin silla de ruedas? ¿Ni bastón? Lo peor no era tener que prescindir de la carne y los huesos hasta ser llamado por la ciencia para el segundo acto.

Solo le preocupaban dos cosas.

Que aún estaba dentro de su cuerpo.

¿Y la chica?

Llevaba una camiseta verde y unos pantalones negros de chándal. Victor, que no la conocía de nada, se preguntó si sería un simple pensamiento formulado al azar, una de esas caras que aparecen en sueños pero que no podemos identificar.

De todos modos ya no estaba. Al pasar junto a los tanques de nitrógeno líquido, Victor se preguntó si en otra dimensión ya lo habían metido en uno de ellos. Podía ser la explicación. ¿Su cuerpo dentro y su alma fuera? ¿Cómo podía transcurrir el tiempo en otro sitio, si allí no lo hacía?

Intentó tocar los cilindros, pero no pudo. Después quiso agarrar una escalera de mano, pero sus palmas eran incapaces de asir los laterales. De hecho no palpaba nada de lo que veía. Era como intentar tocar su propia imagen en un espejo.

—¿Qué es este sitio?

Se giró rápidamente. Era la chica, que había vuelto con los brazos cruzados, como si tuviera frío.

—¿Por qué estoy aquí? —Tiritaba—. Y usted ¿quién es?

Victor ya no entendía nada. Ninguna proyección de su alma podía explicar la presencia de otra persona en el mismo espacio: una persona consciente, como él, y que hacía preguntas.

A menos que...

¿Y si el cuerpo de la chica también estaba dentro de los tanques? ¿Y si también la habían congelado?

—¿Qué es este sitio? —repitió la joven.

—¿No lo sabes?

—Es la primera vez que lo veo.

—Un laboratorio.

—¿Para qué?

—Para almacenar personas.

—¿Almacenar...?

—Congelarlas.

Retrocedió con los ojos muy abiertos.

—Yo no quiero... no quiero...

—No, a ti no —zanjó Victor.

Se acercó a un cilindro e intentó tocarlo por segunda vez. Nada. Al ver las flores en las cajas blancas numeradas, quiso tirarlas al suelo de una patada, pero no logró mover ni un solo pétalo.

No tenía sentido. ¿Y su cuerpo? ¿Y la chica? ¿Y sus planes trazados al milímetro? Dio media vuelta y se deslizó hasta quedar sentado en el suelo, pero sin sentirlo.

—¿Hay personas dentro de estas cosas? —preguntó ella.

—Sí.

—¿Y usted también tenía que estar dentro?

Victor apartó la vista.

También ella se sentó, a una distancia respetuosa.

—Dios... —susurró—. ¿Por qué?

EN TANTOS AÑOS, Victor casi nunca había hablado de su vida con ningún desconocido.

Casi nunca daba entrevistas, convencido de que en el mundo de las finanzas el secreto era un gran aliado. Se podía desvelar información de forma involuntaria, y verse desbancado por la competencia. Los rápidos y los muertos, como decía el chiste sobre las formas de vida en el mundo de los negocios: «Solo hay dos tipos: los rápidos y los muertos».

Ahora Victor Delamonte no era ni lo uno ni lo otro.

Aquel marco —aquella nada en las instalaciones de criónica— era el purgatorio o bien una alucinación. En cualquier caso, como a Victor ya no le servían de nada los secretos, le contó a una chica con pantalones de chándal lo que no le había contado a casi nadie: su cáncer, su enfermedad renal, la diálisis y su plan de ser más listo que la muerte consiguiendo otra vida en un futuro lejano.

Le explicó que no le tocaba estar ahí, en el almacén, sino que en principio tenía que despertarse transcurridos muchos años, como un milagro médico, completamente vivo, no como una especie de fantasma.

Ella escuchó, y hasta le sorprendió al asentir con la cabeza en respuesta a varias referencias científicas. Era más lista de lo que parecía, más que nada porque, por su indumentaria, se diría que dormía en el banco de un parque...

Lo que Victor no llegó a explicar fue que en pocos segundos iban a sumergirlo en hielo en la sala contigua. Le parecía demasiado.

En un momento dado ella le preguntó qué pensaba su mujer sobre la congelación.

Victor titubeó.

—Ah —dijo ella—, no se lo ha contado.

Más lista de lo que parecía.

68

DE PEQUEÑA, SARAH **Lemon hablaba con sus padres.**

Escuchar a Victor se lo recordó. De niña se sentaba en el suelo del dormitorio de sus padres y, mientras retorcía los flecos de un cojín, respondía a sus preguntas sobre el colegio. Era una alumna de sobresalientes, buena en matemáticas y en ciencias. Su padre, Tom, técnico de laboratorio, se ponía delante del espejo, se pasaba una mano por su pelo rubio —cada vez más escaso— y le decía que siguiera así; no se podía esperar menos de un futuro médico. Lorraine, comercial de publicidad en radio, se echaba en la cama y decía, entre caladas a su cigarrillo:

—Estoy orgullosa de ti, cariño. ¿Me traes un polo del congelador, por favor?

—Mejor que no te comas otro —decía Tom.

Se divorciaron cuando Sarah tenía doce años. Lorraine se quedó con la casa, los muebles, todos los polos que quisiera y la custodia total de su hija única. Lo que se llevó Tom fue un trasplante de pelo, un barco y una mujer joven, de nombre Melissa, muy poco interesada en dedicar su tiempo a la hija de otro hombre. Se casaron y se fueron a vivir a Ohio.

Públicamente Sarah se puso del lado de su madre, diciendo que estaba contenta de haberse quedado a vivir con el mejor de sus dos progenitores, el que no lo había mandado todo al garete, pero en el fondo, como tantos hijos, echaba de menos al padre ausente y tenía dudas sobre su parte de culpa en el fracaso conyugal. Cuanto menos llamaba su padre por teléfono, más lo añoraba; y cuantos más abrazos recibía de su madre, menos le gustaban. Había salido a su madre en el físico y la voz. Al llegar a octavo curso también empezó a sentirse como ella: falta de amor, quizá porque no lo merecía. Empezó a comer demasiado, a engordar, a distanciarse de los otros chicos y a quedarse estudiando en casa, porque era algo que su padre había admirado: quizá en su fuero interno Sarah creyese que podía unirlos. Cada semestre le mandaba las notas, y él a veces contestaba: «Así me gusta, Sarah. Sigue así». A veces, no siempre.

Al llegar al instituto, Sarah ya tenía pocas amistades y una vida previsible: prácticas de ciencia, bibliotecas, fines de semana en casa delante del ordenador... De las fiestas se enteraba los lunes por la mañana en clase, al oír los alardes de sus compañeros. Algún que otro chico la había tanteado, y Sarah salió con un par de ellos —al cine, a clases de baile, a los videojuegos—, llegando incluso a las caricias, para saber de qué se hablaba tanto. Al final todos dejaban de llamarla, y en el fondo para Sarah era un alivio: nunca había sentido ninguna chispa, ni creía que fuera a sentirla.

Ethan lo cambió todo. Acabó con aquella deriva mortecina, expulsando con su rostro cualquier otro pensamiento. Por Ethan, Sarah estaba dispuesta a renunciar al mundo entero. Y lo había hecho.

Pero Ethan nunca la había querido de verdad, y al final la había dejado en evidencia como lo que Sarah siempre había temido ser: una chica patética. A partir de ese momento el pozo ya no tenía fondo.

Todo esto, o casi, se lo contó a Victor, el viejo del albornoz, después de que él le explicase lo de la congelación y su mujer. Estaban solos en aquel almacén fantasmal. Sarah, destrozada y confusa, pensó que tal vez Victor supiera algo más de lo que revelaba, pero a medida que entraba en detalles sobre Ethan sintió caer sobre ella el conocido manto de la depresión. Lo dejó justo antes de la escena final del garaje, con el vodka, la canción triste y el motor en marcha. No estaba dispuesta a reconocer que había intentado suicidarse, y menos ante un desconocido.

A la pregunta de cómo había llegado a las instalaciones contestó que no lo sabía —lo cual era cierto—, y que se había despertado con un reloj de arena en las manos.

—Tengo un leve recuerdo de que me llevaban en brazos.

—¿Llevado?

—Sí, aquel hombre.

—¿Qué hombre?

—Uno que trabaja en una tienda de relojes.

Victor la miró como si la acabaran de pintar la cara de color rosa.

Oyeron ruidos detrás de un cilindro.

69

Dor tosió.

Abrió los ojos como si se despertase, aunque llevara miles de años sin dormir. Estaba tendido en el suelo. Parpadeó varias veces antes de reparar en Victor y Sarah, que estaban a su lado.

De repente todo fueron preguntas.

—¿Quién es?

—¿Dónde estamos?

Mientras tanto, Dor intentaba ordenar sus pensamientos. Solo recordaba los colores chillones, y la oscuridad generalizada, y una sensación como de caída libre. También se acordó del reloj de arena. ¿Dónde estaba el reloj? De pronto lo vio en manos de Sarah. La parte superior había vuelto a su sitio. Comprendió que si estaban vivos su suposición había sido la correcta. Ahora ya podía...

Un momento.

¿Había tosido?

—¿Qué tiene que ver con todo esto? —preguntó Victor.

—¿Cómo he venido aquí? —dijo Sarah.

—¿Me han drogado?

—¿Dónde está mi casa?

—¿Por qué me encuentro sano?

—¿Dónde está el coche?

Dor no conseguía concentrarse. Había tosido. Durante toda su eternidad en la cueva nunca había tosido, estornudado o respirado con fuerza.

—Hable —dijo Victor.

—Hable —insistió Sarah.

Dor se miró la mano derecha. La carne había vuelto a sus dedos. Tenía el puño apretado. Lo abrió.

Un solo grano de arena.

Una vez Dor había grabado en la pared de su cueva la forma de un rodillo.

Simbolizaba el nacimiento de su primer hijo con Alli. En la época de Dor se necesitaban parteras que en los embarazos difíciles aliviasen los dolores abdominales con aceites o un rodillo especial. Dor lo había visto hacer con Alli, mientras ella chillaba y las parteras rezaban. Al final el bebé había nacido sano, y a menudo Dor se sorprendía de que algo tan sencillo —un palo de amasar, presente hasta en los hogares más pobres— pudiera influir en un hecho tan monumental.

Más tarde un *asu* le explicó la respuesta: solo podía hacerlo un rodillo mágico. La magia procedía de los dioses, y cuando los dioses tocaban algo, lo normal se convertía en sobrenatural y lo sencillo en prodigioso.

Un palo de amasar para que naciera un niño.

Un grano de arena para que se detuviese el mundo.

Frente a una adolescente en chándal y un anciano en albornoz, comprendió la magia de los elementos que lo habían llevado tan lejos.

El resto dependía de él.

—Díganos solo una cosa —dijo Sarah, cuya voz empezaba a temblar—. ¿Estamos... muertos?

Dor se levantó trabajosamente.

—No —dijo.

Por primera vez en seis mil años se sentía cansado.

201

—No estáis muertos —empezó a explicar—. Estáis parados en un instante.

Enseñó el grano de arena.

—Este instante.

—¿Pero qué dice? —preguntó Victor.

—El mundo se ha parado, y vuestras vidas se han quedado detenidas en él, aunque ahora vuestras almas estén aquí. Lo que habéis hecho hasta ahora ya no tiene remedio. Lo que hagáis a partir de ahora...

Vaciló.

—¿Qué? —dijo Victor—. ¿Qué?

—Aún no está escrito.

Sarah y Victor se miraron. Estaban visualizando el último momento registrado en su memoria: Sarah en el coche, inhalando veneno, y Victor a punto de someterse a un experimento médico, cuando ya lo llevaban hacia el hielo.

—¿Cómo he llegado aquí? —preguntó Sarah.

—Te he traído yo —dijo Dor.

—Y ahora ¿qué hacemos? —preguntó Victor.

—Hay un plan.

—¿Cuál es?

—Todavía lo ignoro.

—¿Cómo puede haber un plan si aún no sabe cuál es?

Dor se frotó con fuerza la cabeza. Después hizo una mueca.

—¿Se encuentra bien? —preguntó Sarah.

—Me duele.

—No lo entiendo. ¿Por qué nosotros?

—Porque vuestros destinos son importantes.

—¿Más que los del resto del mundo?

—No, más no.

—¿Cómo nos ha encontrado, para empezar?

—Oyendo vuestras voces.

—¡Basta! —Victor levantó las palmas—. Basta. Ya está bien. ¿Voces? ¿Destinos? Pero si usted arregla relojes en una tienda.

Dor sacudió la cabeza.

—En este momento no es prudente juzgar con los ojos.

Victor apartó la vista, tratando de hacer lo mismo de siempre: resolver las cosas por su cuenta ante la incompetencia ajena. Dor levantó la barbilla y abrió la boca. Sus cuerdas vocales se convirtieron en las de un niño francés de nueve años.

—Que sea ayer.

Victor se giró al reconocerse. Después la voz, sin dejar de ser la suya, pasó a una versión más grave, adulta.

—Otra vida.

Dor se giró hacia Sarah.

—Que pare —dijo, sonando exactamente como ella.

Sarah y Victor enmudecieron de estupefacción. ¿Cómo podía conocer sus pensamientos más íntimos?

—Antes de que viniera yo a vosotros —dijo Dor—, vinisteis vosotros a mí.

Sarah escrutó su rostro.

—Usted no arregla relojes, ¿verdad?

—Me gustan más estropeados.

—Y eso ¿por qué? —dijo Victor.

Dor miró el grano de arena que tenía entre los dedos.

—Porque soy el pecador que los creó.

EL FUTURO

70

Una vez, en los días más felices de Dor sobre la Tierra, su hijo le hizo una pregunta inusitada.

—¿Con quién me casaré?

Dor sonrió y dijo que no lo sabía.

—Pues dijiste que las piedras te cuentan lo que va a pasar.

—Las piedras pueden contarme muchas cosas —dijo Dor—. Pueden decirme cuándo saldrá el sol y cuándo se pondrá y cuántas noches faltan para que la luna esté tan llena como tu cara redonda.

Pellizcó los mofletes del pequeño, que se rio y apartó la vista.

—Pero eso son cosas difíciles —dijo.

—¿Difíciles?

—El sol y la luna. Están muy lejos. Yo solo quiero saber con quién me casaré. Si puedes saber las cosas difíciles, ¿por qué no me puedes decir eso?

Dor se sonrió. Su hijo estaba haciendo el mismo tipo de preguntas que él a su edad. Y aún se acordaba de la frustración que sentía al no obtener respuesta.

—¿Por qué quieres saberlo?

—Bueno —dijo el niño—, es que si las piedras dijeran que me casaré con Iltani me pondría contento.

Dor asintió con la cabeza. Iltani era una niña guapa y tímida, hija de un fabricante de ladrillos. Sin duda, de mayor sería una novia sumamente atractiva.

—¿Y si las piedras dijeran que te casarás con Gildesh? Su hijo hizo la mueca previsible.

—¡Gildesh es demasiado grandota, y habla demasiado fuerte! —protestó—. ¡Si las piedras dijeran que me casaré con ella, me escaparía ahora mismo!

Dor se rio y le alborotó el pelo. Su hijo aferró una de las piedras y la tiró.

—¡No, Gildesh! —gritó.

Dor vio cómo la piedra sobrevolaba el patio.

Fue el momento del que se acordó al mirar a Sarah.

Le habría gustado saber qué había sido de la pequeña Gildesh. ¿La habían rechazado los hombres, como a Sarah? Pensó en la piedra lanzada por su hijo a la otra punta del patio, en la idea juvenil de que se puede arrojar un futuro que no es de nuestro gusto, y de repente supo qué tenía que hacer.

Levantó el reloj de arena, miró su interior y tal y como esperaba vio que la arena de arriba seguía arriba, y la de abajo, abajo. Entre ambas no pasaba nada. No avanzaba el tiempo.

Tomó con fuerza la parte superior del reloj y volvió a separarla del antiguo reloj.

—¿Qué hace? —inquirió Victor.

—Lo que me han mandado hacer —dijo Dor.

Vertió la arena de la ampolla superior —la que guardaba el tiempo que aún no había sucedido— en el suelo del almacén. Caía y caía: más cantidad de lo que parecía posible no ya en un reloj de arena, sino en cien. Después apoyó el reloj en uno de sus lados, y adquirió las dimensiones de un túnel gigantesco. El camino de arena llevaba hacia su centro, brillando con luz trémula, como el reflejo de la luna en el mar.

Dor se quitó los zapatos y empezó a caminar por la arena, haciendo señas a Sarah y Victor de que lo siguiesen.

—Venid —dijo.

Se miró los brazos. Estaba sudando, por primera vez en seis mil años.

Einstein postuló que si se viajase a una velocidad enorme el tiempo se ralentizaría en relación con el mundo que se dejase atrás,

así que ver el futuro sin envejecer con él era posible, al menos en teoría.

Sarah lo había estudiado en física. También Victor, con décadas de diferencia. Ahora, en el espacio detenido en un solo aliento, les estaban pidiendo que verificasen la teoría: que avanzasen mientras el mundo se quedaba inmóvil, siguiendo la arena de un reloj gigante a petición de un hombre moreno y delgado, con un jersey de cuello alto, que —por lo que sabían— trabajaba en una tienda de relojes.

—¿Viene? —dijo Sarah, girándose hacia Victor.

—Yo no me lo trago —respondió él—. Me han preparado contratos, documentos. Alguien está saboteando mis planes a conciencia.

Sarah tragó saliva. Sin saber por qué tenía muchas ganas de que la acompañase aquel anciano, aunque solo fuese para no estar sola. Tenía la impresión de que era el amigo más importante que podía tener.

—Por favor... —dijo en voz baja.

Victor apartó la vista. Toda su lógica le decía que no. No conocía de nada a aquella chica. Además, el hombre de la tienda de relojes podía ser cualquiera, un simple charlatán,

un mero engañabobos. Pero aquella manera de decirlo...
«Por favor.» Aunque pudiera parecer una tontería, era la
palabra más pura que había oído en meses. Eran pocos los
que se acercaban lo bastante a Victor como para hacerle
peticiones personales.

Miró las instalaciones de criónica. Allá no lo esperaba
nada más que un panorama inmóvil e impalpable. Miró
a Sarah.

Cuando más solos estamos es cuando nos aferramos a
la soledad ajena.

Le dio la mano.

Todo se puso negro.

71

AL PRINCIPIO FUE **como subir por un puente invisible,**

un vacío profundo, tenebroso, donde solo veían la última huella que dejaban en la arena, su brillo de oro antes de fundirse con lo negro.

Sarah apretó la mano de Victor.

—¿Estás bien? —preguntó él.

Sarah asintió, pero apretó con más fuerza en la bajada. Temblaba como si tuviera por delante un destino espantoso. Victor pensó que no era como él, impaciente por averiguar los derroteros de su segunda vida. A aquella muchacha le había pasado algo muy grave. Por muy inteligente que pudiera parecer, en el fondo era frágil.

Bajaron por un banco de niebla, que al disiparse reveló un almacén con estanterías llenas de comida y bebida.

—¿Qué es esto? —le preguntó Victor a Dor—. ¿Dónde estamos?

Dor no dijo nada, pero Sarah lo reconoció enseguida: era el escenario de su malograda cita con Ethan. «En ksa de mi tío si kres venir.» Cuántas veces había revivido aquella noche... Los besos, el alcohol, el desenlace... Y de pronto era él quien se acercaba, el chico de sus sueños, con los vaqueros y la sudadera con capucha de siempre. A Sarah se le cortó la respiración, pero Ethan pasó sin mirarla.

—¿No nos ve? —preguntó Victor.

—No estamos en su tiempo —dijo Dor—. Son los días que vendrán.

—¿El futuro?

—Sí.

Victor se fijó en la expresión de Sarah.

—¿Es este chico? —preguntó.

Ella asintió con la cabeza. Le dolía el corazón solo de volver a verlo. Si era el futuro, ¿quería decir que ella no estaba? Y si ella no estaba, ¿se arrepentiría Ethan de lo que había hecho? Estaba solo, dando golpecitos en su móvil. Quizá pensara en ella. Quizá hubiera ido al almacén por eso. Quizá estuviera triste, y mirase su foto como ella había mirado tantas veces la de él. Justo cuando Sarah empezaba a acercarse, Ethan sonrió, levantó el pulgar y dijo:

—¡Ajá!

Un pitido indicó que estaba jugando a un videojuego.

De repente oyó que llamaban a la puerta y fue a abrir. Era una chica de una edad similar a la de Sarah, con el pelo esculpido y las manos en los bolsillos de su abrigo. Sarah se fijó en que iba muy maquillada.

—¡Eh, hola! —dijo Ethan.

Sarah se estremeció. Esas palabras...

Escuchó lo que decían. Oyó que la chica se quejaba de que era una injusticia que le estuvieran echando la culpa a Ethan.

—No, si ya lo sé —dijo él—. Yo no hice nada. Fue culpa de ella, ¿vale? Todo este tema se ha descontrolado.

La chica se quitó el abrigo y preguntó si podían comer alguna cosa de las estanterías. Ethan alcanzó dos cajas de galletas saladas y una botella de vodka.

—El alcohol nunca falla.

De repente Sarah se sentía débil, como si le hubieran dado una patada en las rodillas. Lo último que había pensado al hundirse en la muerte era que Ethan se arrepentiría y que su tormento interior sería comparable al de ella, pero hacernos daño para hacer sufrir a los demás solo es otra manera de pedir amor a gritos. Al ver que Ethan sacaba dos vasos de cartón, comprendió que su grito había pasado tan desapercibido como los sentimientos que le había declarado en el aparcamiento.

Su muerte era tan insignificante como su vida.

Lanzó a Dor una mirada suplicante.

—¿Por qué me ha traído aquí? —preguntó.

Fue como si se fundieran las paredes. Hubo un cambio de escenario: ahora estaban en el comedor social donde Sarah trabajaba los sábados, y unos indigentes hacían cola para que les dieran el desayuno.

Una mujer mayor servía avena con un cucharón. Se le acercó un hombre con una gorra azul.

—¿Dónde está Sarah? —preguntó.

—Hoy no ha venido —dijo ella.

—Con Sarah repetimos plátanos.

—Bueno, pues toma: más plátanos.

—Me cae bien. Es callada, pero me cae bien.

—Hace un par de semanas que no sabemos nada de ella.

—Espero que no le haya pasado nada.

—Yo también.

—Pues entonces rezaré por ella.

Sarah parpadeó. No pensaba que en el comedor supieran su nombre, y menos que pudieran echarla en falta. «Me cae bien. Es callada, pero me cae bien.»

Vio que el hombre de la gorra se sentaba entre otros indigentes. A pesar de lo grave de su situación, seguían viviendo lo mejor que podían. Le extrañó no haberse dado cuenta cada sábado, mientras estaba deslumbrada con el chico. El aficionado a los plátanos pensaba más en ella que Ethan.

Sintió una gran vergüenza.

Se giró hacia Dor.

Tragó saliva.

—¿Dónde está mi madre? —susurró.

Se produjo otro cambio de escenario. Ahora era de día y la nieve se acumulaba en las aceras.

Sarah, Dor y Victor estaban en el aparcamiento de un concesionario de coches. Un vendedor salió de la oficina con una gruesa parka y un sujetapapeles, y atravesándolos a ellos se aproximó al lado derecho de una camioneta gris.

Dentro estaba Lorraine.

—Hace un frío que pela —dijo por la ventanilla el vendedor, echando vaho por la boca—. ¿Seguro que no quiere entrar?

Lorraine sacudió la cabeza y firmó rápidamente los papeles. Sarah se acercó, cautelosa.

—¿Mamá? —susurró.

El vendedor se llevó la documentación. Lorraine miró cómo se iba. Tenía los labios muy apretados, y le corrían lágrimas por las mejillas. Sarah se acordó de cuántas veces había llorado de la misma manera en brazos de su madre, a causa de las bromas del colegio, o del divorcio... Aunque su madre a veces estuviera loca, siempre tenía tiempo para ella, para acariciarle el pelo y decirle que ya se arreglaría todo.

Y ahora Sarah no podía hacer lo mismo.

Vio llegar a otro hombre, que se acercó a la camioneta doblando unos papeles para meterlos en un sobre: su tío Mark, de Carolina del Norte. Se puso al volante.

—Bueno, pues ya está —dijo—. Siento que hayas tenido que venir, pero no lo habrían aceptado sin tu firma.

Lorraine exhaló sin fuerzas.

—Ese coche no quiero volver a verlo nunca más.

—Claro —dijo él.

Se quedaron en silencio, viendo que el vendedor se llevaba el Ford azul al fondo del aparcamiento.

—Vámonos —dijo Mark.

—Espera.

Lorraine no apartó la vista hasta que el coche desapareció por una esquina. Entonces rompió a llorar, vencida.

—Debería haber estado, Mark.

—No ha sido culpa tuya.

—¡Soy su madre!

—Ya, pero no ha sido culpa tuya.

—¿Por qué lo hizo? ¿Y por qué yo no lo sabía?

Mark la abrazó con torpeza desde el otro asiento; las costuras de sus abrigos crujieron.

Sarah apretó los brazos contra el pecho. Tenía náuseas. La idea de huir de su tormento la había obsesionado tanto que no se había parado a pensar en el dolor de los demás. Vio que su madre se ponía el sobre en el pecho, aferrándose al recibo de un coche usado por Sarah para suicidarse porque era lo único que le quedaba de su hija.

Dor se puso delante de Sarah y repitió en voz baja la misma pregunta que Lorraine.

—¿Por qué?

¿Por qué?

¿Por qué quitarse la vida? ¿Por qué morir en un garaje? ¿Por qué hacer sufrir tanto a sus seres queridos?

Sarah tuvo ganas de explicarlo todo: la humillación del rechazo de Ethan; la vergüenza que habían provocado en ella sus amigos; el impacto de ver revelados sus secretos en la pantalla de un ordenador... Y un futuro hecho trizas de tal modo ante sus propios ojos que morir con los pulmones llenos de veneno parecía un alivio.

Habría querido echar toda la culpa a Ethan, toda la culpa de su vida inmunda, pero el hecho de verlos a los dos, a él y su madre, y el mundo después de como lo había conocido, la llevó al fondo absoluto de las cosas, donde se acababan todos los engaños. Y la verdad la rodeó como un capullo.

—Estaba tan sola... —dijo.

Y el Padre Tiempo dijo:

—Nunca has estado sola.

Y tras decirlo le tapó los ojos.

De pronto Sarah vio una cueva y a un hombre barbudo con la cara entre las manos.

—¿Es usted? —susurró.

—Lejos de mi amada.

—¿Cuánto tiempo?

—Tanto como el propio tiempo.

Vio que el hombre se acercaba a la pared de la cueva y dibujaba un símbolo: tres líneas onduladas.

—¿Qué es?

—Su pelo.

—¿Por qué lo dibuja?

—Para acordarme.

—¿Se murió?

—Yo también quise perecer.

—¿La quería mucho?

—Habría dado mi vida por ella.

—¿Se la habría quitado?

—No, niña —dijo Dor—. Eso no nos corresponde.

Al pronunciarlo comprendió que tal vez lo hubiesen mantenido con vida tantos años solo para aquel momento.

Sabía más que ningún otro ser humano lo que era vivir sin amor. Cuanto más hablaba Sarah de la soledad, más clara quedaba la razón de que Dor estuviese allí.

—He estado haciendo el ridículo —se lamentó ella.

—Por amor no se es ridículo.

—Él no me correspondía.

—Eso tampoco tiene nada de ridículo.

—Dígame solo una cosa... —A Sarah le falló la voz—. ¿Cuándo para de doler?

—A veces nunca.

Entonces vio al Dor con barba, a solas en la cueva.

—Y usted ¿cómo sobrevivió? —quiso saber—. ¿Tanto tiempo, sin su esposa?

—Siempre estaba conmigo.

Dor quitó la mano de los ojos de Sarah. Vieron que la camioneta se iba por la calle nevada.

—Te quedaban muchos años más —dijo Dor.

—No los quería.

—Pero ellos a ti sí. El tiempo no se devuelve. El próximo momento podría dar respuesta a todas nuestras oraciones. Negarlo es negar lo más importante del futuro.

—¿Qué?

—La esperanza.

Abrumada por la vergüenza, Sarah volvió a llorar. Añoraba a su madre más que nunca.

—Lo siento tanto... —dijo entrecortadamente, con lágrimas en las mejillas—. Es que sentí que... se acababa todo.

—Lo que se acaba es el ayer, nunca el mañana.

En respuesta a un gesto de Dor la calle se disolvió en arena. El cielo se tiñó de un morado nocturno salpicado por un sinfín de estrellas.

—Te queda mucho por hacer en esta vida, Sarah Lemon.

—¿De verdad? —susurró ella.

—¿Quieres verlo?

Pensó un poco y sacudió la cabeza.

—Todavía no.

Y Dor supo que Sarah empezaba a curarse.

72

VICTOR, MIENTRAS TANTO, lo observaba todo.

Ahora entendía el porte frágil de la chica, el temblor de sus hombros y lo endeble de su voz. Había intentado suicidarse por un chico —con pinta de macarra, se dijo, aunque podían ser prejuicios; empezaba a caerle bien, aquella muchacha—, y al final había aprendido algo que Victor podría haberle dicho mucho antes: que no vale la pena sacrificarse tanto por amor. Victor dudaba que pudiera hacer algo que llevase a Grace a quitarse la vida; y aunque en el fondo la quisiera mucho, estaba buscando una manera de vivir más allá de la muerte, incluso sin su compañía.

Lo que seguía sin entender era cómo se formaban aquellas alucinaciones y cuál era la verdadera identidad del reparador de relojes, quien, por cierto, le parecía cambiado respecto a la primera vez: detrás del mostrador le había parecido una persona firme, saludable y casi indestructible, mientras que ahora estaba pálido y sudoroso, y cada vez tosía más. En cambio, Victor nunca se había encontrado mejor. Por eso estaba convencido de que todo aquello era fruto de un delirio. Era imposible despertarse sano y empezar a flotar por el tiempo.

Miró a Dor, que pasaba los dedos por la arena. Finalmente levantó la vista hacia Victor.

—A ti también tengo que enseñarte algo.

Victor retrocedió. No le interesaba ver el mundo que dejaba atrás.

—Mi historia es diferente —dijo.

—Ven.

—Sabe que tengo un plan, ¿no?

Dor se levantó sin decir nada, secó el sudor de su frente y se miró la mano con perplejidad. Después, a paso lento, se fue por el camino, que empezaba a subir como la falda de un monte. Victor se giró hacia Sarah, anonadada aún por haber visto revelada su vida. Ahora era Victor quien buscaba compañía.

—¿Vienes? —preguntó.

Sarah se puso detrás. Empezaron a subir.

73

Esta vez, cuando se despejó la niebla, estaban otra vez en el almacén de criónica.

Los enormes cilindros de fibra de vidrio parecían monumentos. Había uno algo menor que los demás y más nuevo.

—¿Qué estamos viendo? —preguntó Victor—. ¿Es·el futuro?

Antes de que Dor pudiera contestar se abrió la puerta y entró Jed, seguido por Grace, que llevaba un abrigo marrón. Grace se movía con cautela, mirándolo todo a cada paso.

—¿Es su mujer? —susurró Sarah.

Victor tragó saliva. Sabía que Grace se enteraría del plan, pero lo que no había previsto era verlo.

Vio que Jed señalaba el cilindro pequeño, y que Grace se tapaba la boca con las manos, no supo si para rezar o para disimular su repugnancia.

—¿Dentro de esto? —preguntó.

—Insistió en estar solo. —Jed se rascó la oreja—. Lo siento. No tenía ni idea de que no se lo hubiera dicho.

Grace cruzó los brazos sobre el pecho, indecisa entre acercarse o alejarse del cilindro.

—¿Se puede mirar dentro?

—Lo siento, pero no.

—Pero ¿está su cadáver?

—El paciente.

—¿Qué?

—Nosotros decimos «paciente», no «cadáver».

—¿¿Qué??

—Perdone. Comprendo que debe de ser duro.

Se hizo un silencio incómodo. Solo se oía un zumbido de electricidad. Al final Jed carraspeó.

—Bueno... —dijo—. La dejo sola. Si quiere puede sentarse.

Señaló el sofá de color mostaza. Victor sacudió la cabeza, como si quisiera impedírselo. De pronto tenía vergüenza, no solo por la manipulación de su muerte, sino porque a su mujer le ofreciesen un asiento tan vulgar para el duelo.

Grace no se sentó.

Dio las gracias a Jed y vio cómo se iba. Después se acercó lentamente al cilindro y rozó con los dedos la fibra de vidrio.

Abrió la boca y exhaló con tal fuerza que se le encorvaron los hombros. Pareció a punto de desplomarse.

—No pasa nada, Grace —dijo Victor sin poder evitarlo—. No pa...

Grace dio un puñetazo al cilindro.

Y otro.

Después le dio una patada tan fuerte que estuvo a punto de caerse de espaldas.

Al incorporarse, aspiró una sola vez por la nariz y se fue hacia la puerta, sin dedicar una sola mirada al sofá color mostaza.

Se cerró la puerta. El silencio parecía dirigido personalmente a Victor. Dor y Sarah lo miraban. Apartó la vista, sintiéndose desnudo. En su carrera para engañar a la muerte había confiado más en los científicos que en su mujer. Le había negado la intimidad final. Ni siquiera le había dejado un cadáver que enterrar. ¿Ahora cómo llevaría el luto? Dudó que volviera a pisar aquel lugar.

Miró a Sarah, que bajó la vista como si le diera vergüenza.

Se giró hacia Dor.

—Enséñeme si funcionó y ya está —gruñó.

74

MUCHA GENTE. UN gentío increíble.

Fue la primera impresión que le dio a Victor su futuro. Siguiendo la arena a través del reloj, el vacío los había llevado a otro banco de niebla que al abrirse había revelado enormes y apretados rascacielos, bloques y más bloques de lo que Victor supuso que sería una gran metrópolis futurista. La vegetación brillaba por su ausencia, y aparte de los azules y grises del acero escaseaban los colores. Pequeños aeroplanos, distintos a los conocidos, punteaban el cielo. Hasta la percepción del aire había cambiado: más espeso, más sucio; también más frío, aunque la gente no fuera abrigada. Los rostros se diferenciaban de los de la época de Victor, con toda una gama pictórica de tintes en el pelo, y también las cabezas que parecían más grandes. No resultaba fácil diferenciar a las mujeres de los hombres.

No vio a ningún anciano.

—¿Esto aún es la Tierra? —preguntó Sarah.

Dor asintió.

—¿O sea, que lo conseguí? —dijo Victor—. ¿Estoy vivo?

Dor volvió a asentir. Estaban en medio de una plaza enorme, rodeados por miles de personas que iban y venían absortas en algún aparato, o hablando a través de unas gafas oscuras que flotaban delante de sus ojos.

—¿Cuánto tiempo ha pasado? —dijo Sarah.

Victor observó el entorno.

—Yo calculo que unos cuantos siglos.

Casi sonrió.

Al juzgar la vida en términos de éxito o fracaso, Victor creía haber ganado.

Había eludido la muerte y resurgido en el futuro.

—Y yo ¿dónde estoy, a todo esto? —preguntó.

Dor señaló con la mano. De pronto todo cambió. Ahora estaban en una sala enorme iluminada por los laterales, plateada y blanca, con un techo altísimo y pantallas flotantes.

Y en todas las pantallas salía Victor.

—Pero ¿qué pasa aquí? —preguntó.

Las pantallas reproducían momentos de su vida. Se vio con poco más de treinta años, estrechando manos en una sala de reuniones, y con más de cincuenta, pronunciando un discurso en Londres; también con más de ochenta, en la consulta del médico, mirando las tomografías junto a Grace. Delante de las pantallas había grupos que las estudiaban como si se tratase de una exposición. ¿Se habría convertido en una leyenda del futuro, en un milagro médico?, pensó Victor. A saber. Quizá fuera el dueño del edificio.

Pero ¿de dónde habían sacado las imágenes? Eran momentos que nadie había filmado. Vio una escena de hacía pocas semanas en la que miraba por una ventana del despacho y veía a un hombre sentado en un rascacielos.

—Era usted, ¿verdad? —le preguntó a Dor.

—Sí.

—¿Y por qué me observaba?

—Quería saber por qué querías vivir más de una vida.

—¿Y por qué no?

—No es ningún don.

—¿Y usted cómo lo sabe?

Dor se secó la frente.

—Porque lo he vivido.

75

ANTES DE QUE Victor pudiera contestar se oyó un tumulto en la sala, donde ya no cabían más espectadores.

Sentados en sillas suspendidas en el aire, o apretados contra la pared, reaccionaban ruidosamente a lo que veían.

Las pantallas reproducían imágenes de la niñez de Victor en Francia: saltando en las rodillas de sus padres, comiendo la sopa que le daba su abuela, llorando en el entierro de su padre y rezando con su madre. «Que sea ayer.» Todas las respiraciones se cortaron al oírlo.

—¿Por qué miran mi vida? —preguntó Victor—. Y yo mientras tanto ¿dónde estoy?

Dor señaló un gran tubo de cristal situado en un rincón de la sala.

—Compruébalo tú mismo —dijo.

Victor, receloso, se acercó, abriéndose camino entre la multitud como un espectro. Al llegar al tubo miró por el cristal.

La sensación fue pavorosa.

Dentro del tubo había una versión rosada y reseca de su cuerpo, con los músculos atrofiados, la piel arrugada y varios cables en la cabeza, conectados a una serie de aparatos. Tenía los ojos abiertos, y los labios separados por una mueca de dolor.

—No puede ser. —Levantó la voz—. Tenían que revivirme. Llevaba documentos. ¡Pagué mucho dinero!

Recordó la advertencia de los abogados: «No se puede estar protegido de todo». ¿Y si en sus prisas por hallar una respuesta había cometido la imprudencia de ignorarla?

—¿Qué pasó? ¿Quién tiene la culpa?

Gente y más gente miraba sin cesar el cuerpo desnudo como quien observa una pecera.

Victor se giró hacia Dor.

—¡Tenía documentos! ¡Expedientes!

—Ya no están —dijo Dor.

—Contraté a varias personas para que me protegiesen.

—Tampoco están.

—¿Y mi riqueza?

—Te la quitaron.

—¡Había leyes!

—Ahora hay otras.

Victor se desmoronó. ¿Podía ser el desenlace de su grandioso plan? ¿Acabar convertido en una víctima, en un fenómeno de circo futurista?

—¿Y qué hace toda esta gente?

—Mirar tus recuerdos.

—¿Por qué?

—Para acordarse de lo que es sentir.

Victor cayó de rodillas.

Tan acostumbrado como estaba a acertar en sus cálculos... ¿Le habían ahorrado las pequeñas equivocaciones de la vida solo para que al final cometiese la más grave?

Examinó las caras que asistían a su historia, y las vio jóvenes; guapas, en muchos casos, pero sin emoción.

—En esta época todos pueden vivir más de lo que imaginábamos —le explicó Dor—. Llenan de acciones hasta el último minuto, pero están vacíos.

»Para ellos eres una pieza de museo, y tus memorias algo insólito; eres un recordatorio de un mundo más sencillo y más satisfactorio que ellos no han conocido.

El propio Victor nunca se habría visto así. ¿Sencillo él? ¿Satisfactorio? ¿Pero no había sido siempre el de las prisas, el insaciable? Desde su congelación, no obstante, el mundo, ávido de tiempo, no había hecho más que acelerarse, y se dio cuenta de que en lo referente a su futuro Dor estaba en lo cierto. Todas las imágenes de las pantallas mostraban emociones. Sus lágrimas de niño cuando le robaron su bolsa de comida. Sus sonrisas tímidas al conocer a Grace en el ascensor de la empresa. Su mirada de nostalgia al ver que se alejaba, durante la última noche de su vida.

Fue la escena en la que se fijó: él en la cama, y Grace vestida para la gala.

«—Tardaré lo menos que pueda.

—Y yo...

—¿Qué, cariño?

—No, nada, que yo estaré aquí.»

La vio desaparecer por el pasillo, convencida de que volvería a verlo. ¿Cómo podía haber sido tan cruel? De pronto la echó de menos con una intensidad enorme, y por primera vez desde que era adulto deseó retroceder en el tiempo.

Las pantallas recogían la imagen de Victor mientras veía cómo se marchaba Grace. El público se puso en pie. La siguiente imagen era del interior del tubo de cristal, donde una lágrima rodaba por la mejilla del cuerpo cautivo de Victor.

También él sintió correr una lágrima en su rostro.

Dor tendió la mano y recogió la lágrima con un dedo.

—¿Ya lo entiendes? —preguntó—. Cuando el tiempo es infinito, nada es especial. Sin pérdidas ni sacrificios no podemos valorar lo que tenemos.

Examinó la lágrima, acordándose de la caverna. Por fin sabía la razón de que lo hubieran elegido para el viaje. Él había vivido una eternidad. Victor deseaba lo mismo, una eternidad. Dor había tardado muchos siglos en comprender lo último que le había dicho el anciano, y que pasó a explicar a Victor.

—Dios tiene motivos para limitar los días de los hombres.

—¿Cuáles son?

—Que todos sean valiosos.

SOLO ENTONCES NARRÓ **su historia el Padre Tiempo.**

Mientras su voz se iba poniendo ronca y su tos empeoraba, habló a Victor y Sarah del mundo en el que había nacido. Habló del palo solar que había inventado y del reloj de agua hecho con cuencos; de su esposa, Alli, y de sus tres hijos, y del anciano del cielo cuya visita había recibido de niño, y que de adulto lo había hecho prisionero.

Casi toda la historia pareció inverosímil a sus dos oyentes, aunque en el momento en que Dor explicó su ascenso por la torre de Nim, Sarah susurró:

—Babel.

Y Victor masculló:

—Eso solo es un mito.

Al llegar a la parte de su vida en la cueva, Dor tapó los ojos de Victor con la mano y le dejó ver los siglos de reclusión solitaria, la atormentada soledad de un mundo sin nada de lo que conocía: mujer, hijos, amigos, casa... ¿Una segunda vida? ¿Una décima? ¿Una milésima? ¿Qué más daba? No era la suya.

—Vivía —dijo—, pero no estaba vivo.

Victor asistió a sus intentos de fuga. Lo vio aporrear las paredes de roca kárstica, e intentar cruzar el charco luminoso. Oyó la cacofonía de voces que pedían tiempo.

—¿Qué son esas voces? —preguntó.

—Infelicidad —dijo Dor.

Explicó que desde que empezamos a marcar las horas perdimos la capacidad de estar satisfechos.

Siempre en busca de minutos, siempre en busca de horas, progresando a mayor velocidad para obtener más cosas cada día. Había desaparecido la alegría sencilla de vivir entre amaneceres.

—Al hombre de hoy en día no le satisface nada de lo que hace para ser eficiente y aprovechar las horas —dijo Dor—. Solo le sirve para ansiar más cosas. El hombre quiere ser dueño de su existencia, pero el tiempo no tiene dueño.

Apartó la mano de los ojos de Victor.

—Cuando mides la vida, no la vives. Yo lo sé.

Bajó la vista.

—Fui el primero en hacerlo.

Estaba aún más pálido que antes, con el pelo mojado de sudor.

—¿Qué edad tiene? —susurró Victor.

Dor sacudió la cabeza. El primer hombre que había contado los días ignoraba cuántos había acumulado.

Respiró profunda y dolorosamente.

Y se desplomó.

LOS PULMONES DE Dor casi no respiraban. Tenía los ojos en blanco. Había contraído una enfermedad que no existía en el presente.

Durante seis mil años le habían concedido ser inmune al paso del tiempo: mientras el planeta se volvía más viejo, Dor no gastaba un solo aliento. Ahora había cambiado la ecuación. Dor había parado el mundo, y una vez que el mundo dejó de avanzar empezó a hacerlo el Padre Tiempo. Su piel se llenaba de manchas a una gran velocidad. El deterioro físico le estaba dando alcance.

—¿Qué le pasa? —preguntó Sarah.

—No lo sé —dijo Victor.

Mientras tanto, el futuro se disipaba: los espectadores, la sala, el tubo que contenía la cáscara mortal de Victor... Todo se derretía como una foto consumida por el fuego. El reloj de arena recuperó su tamaño normal, y una vez más toda la arena se juntó en la ampolla superior.

—Tenemos que ayudarlo —dijo Sarah.

—¿Cómo? Ya has visto todo lo que le ha pasado. ¿Qué sabemos tú y yo de la manera de ayudarlo?

«Ya has visto todo lo que le ha pasado.»

—Un momento —dijo Sarah. Se acercó el brazo izquierdo de Dor a la cara—. Usted agarre el otro brazo.

Se taparon los ojos con las manos de Dor, y vieron los dos el mismo instante: a Dor inclinado sobre su esposa, que tenía el rostro cubierto de sudor y estaba hinchada, roja, como él. Vieron que Dor le daba un beso en la mejilla, y que sus lágrimas se confundían con las de Alli.

«Haré que ya no sufras. Lo pararé todo.»

—Dios mío —susurró Sarah—. Ella tenía la misma enfermedad.

Vieron correr a Dor hacia la torre de Nim. Lo vieron trepar desesperadamente, y vieron lo que otros de su misma época habían descartado como un mito imposible: la destrucción de la estructura más alta erigida por el ser humano.

Y al único superviviente permitido por Dios.

Pero al ver a Dor en la cueva, y asistir al saludo del anciano de la túnica, con su pregunta de «¿Buscas poder?», Victor y Sarah soltaron su mano al mismo tiempo.

Se miraron.

—¿Tú también lo has visto? —dijo Victor.

Sarah asintió con la cabeza.

—Tenemos que hacer que vuelva.

En circunstancias normales no se habrían conocido.

Sarah Lemon y Victor Delamonte pertenecían a mundos distintos: ella al del instituto y la comida rápida y él al de las reuniones y los manteles blancos.

Pero entre los destinos existen lazos que desconocemos, y en aquel momento, con todo el universo inmóvil, nadie más que ellos dos podía cambiar la suerte de quien había intentado cambiar la de ambos. Sarah sujetó el reloj de arena, mientras Victor retiraba la tapa inferior. Hicieron lo mismo que habían visto hacer a Dor: verter la arena —esta vez la de la ampolla inferior, la del pasado— y extenderla como había extendido Dor la del futuro.

Acto seguido deslizaron las manos bajo las rodillas y los hombros de Dor.

—Si funciona —preguntó Sarah—, ¿qué nos pasará a nosotros?

—No lo sé —dijo Victor.

Era verdad, no lo sabía. Dor los había apartado del mundo, y sin él no podía saberse el paradero de sus almas.

—Seguiremos juntos, ¿vale? —dijo Sarah.

—Pase lo que pase —le aseguró Victor.

Y, con el Padre Tiempo en brazos, volvieron al camino y empezaron a avanzar.

Lo siguiente ocurrió sin testigos, y es imposible saber cuánto duró.

Pero Victor y Sarah recorrieron la arena del tiempo pasado, seguidos por las huellas luminosas que habían dejado en la arena del tiempo futuro.

A medida que bajaban, la niebla se fue desvaneciendo y el cielo se iluminó de estrellas. Finalmente, entre copos de nieve suspendidos, coches inmóviles y gente detenida en plena celebración de un nuevo año, una adolescente y un anciano llegaron bajo un toldo de la calle Orchard, en el número 143.

Esperaron.

Se abrió una puerta.

Y un rostro conocido, el del dueño, que ahora llevaba la misma túnica blanca con pliegues que en la cueva, dijo en voz baja:

—Llevadlo dentro.

78

ENTRARON EN LA **tienda de relojes y depositaron el cuerpo
en el suelo.**

—¿Quién es? —le preguntó Victor al anciano.
—Se llama Dor.
—¿Lo han enviado por nosotros?
—Y por él.
—¿Se está muriendo?
—Sí.
—¿Y nosotros también?
—Sí.

Al ver la cara de miedo de los dos, la expresión del anciano se dulcificó.

—Todo el que nace muere.

Al mirar a Dor, casi inconsciente, Victor comprendió lo equivocado que había estado sobre él. Claro que se había equivocado en tantas cosas... Incluso en el reloj de bolsillo, que Dor no había elegido por su valor como antigüedad, sino por el recordatorio pintado de una familia —padre, madre e hijo—, con la esperanza de que Victor comprendiese lo que tenía con Grace antes de que fuera demasiado tarde.

—¿Por qué lo castigaron? —preguntó Victor.
—Nunca ha sido castigado.
—¿Y la cueva? ¿Y todos esos años?

—Eso fue una bendición.

—¿Bendición?

—Sí. Aprendió a valorar su vida de antes.

—Pero tardó mucho —dijo Sarah.

El anciano quitó un anillo del cuello del reloj de arena.

—¿Qué es mucho? —preguntó.

Colocó el anillo en el dedo de Dor, de cuyas manos se desprendió un solo grano de arena.

—¿Qué le va a pasar? —preguntó Sarah.

—Acabará su historia. Como vosotros.

Dor seguía inmóvil, con los ojos cerrados. Sus manos, en el suelo, estaban flácidas.

—¿Es demasiado tarde? —susurró Sarah.

El anciano tomó el reloj de arena vacío y lo giró. Sostuvo el grano de arena sobre él.

—Nunca es demasiado tarde o demasiado pronto.

Y lo dejó caer.

No somos conscientes del sonido del mundo, excepto, claro está, si se detiene; y después, al reanudarse, suena igual que una orquesta.

Olas. Viento. Lluvia. Pájaros. A lo largo y ancho del universo volvió a pasar el tiempo, y la naturaleza retomó su canto.

Dor sintió que su cabeza daba vueltas, y su cuerpo caía. Se despertó tosiendo en el suelo. El sol brillaba con fuerza desde las alturas.

Lo supo enseguida.

Estaba en casa.

Le costó un gran esfuerzo ponerse en pie. Tenía delante la torre de Nim, con la punta en las nubes. El camino que pisaban sus pies lo llevaría a ella.

Inhaló profundamente y dio media vuelta. Frente a la oportunidad de hacer lo que no había podido hacer nadie, no vaciló. Cambió la historia de sus pasos.

Volvió corriendo junto a ella.

Corría en alas de la desesperación, sobreponiéndose a oleadas de calor y ataques de asfixia. A pesar de que el esfuerzo le acortase la vida, no ralentizó sus pasos. Una frase acudió a su memoria: «El tiempo vuela». Recitada sin descanso, lo impulsó por las montañas y por el altiplano. Solo frenó un poco al ver rocas de aspecto conocido, y la cabaña de juncos: así frena el hombre al acercarse a lo que desea, sin saber si es posible que sea el cumplimiento de sus esperanzas. ¿Se atrevería a mirar? ¿Todo lo que había soñado? ¿Lo que lo había sustentado durante una eternidad?

Jadeaba, empapado de sudor.

—¿Alli? —exclamó.

Rodeó la cabaña.

Alli estaba encima de una manta.

—Amor mío —susurró.

La voz de Alli fue como la había recordado siempre. Ninguna de los miles de millones de voces oídas en la cueva podía compararse a su dulzura, ni despertar los mismos sentimientos en él.

—Estoy aquí —dijo Dor, arrodillándose.

Alli vio su cara.

—Estás enfermo.

—No más que tú.

—¿Adónde has ido?

Dor trató de contestar, pero ya no veía sus pensamientos. Las imágenes se diluían. ¿Un viejo? ¿Una chica? Había vuelto a su propio camino, y el recuerdo de su vida eterna empezaba a disiparse.

—He intentado que no sufrieras —dijo.

—No podemos evitar lo que decide el cielo.

Alli sonrió sin fuerzas.

—Quédate conmigo.

—Siempre.

Dor le tocó el pelo. Ella giró la cabeza.

—Mira —susurró.

Frente a ellos, el cielo se había teñido de un crepúsculo espectacular, todo naranja y violeta y rojo como el de los arándanos. Dor se echó al lado de Alli. Sus respiraciones afanosas se sobrepusieron. En otros tiempos Dor las habría contado. Esta vez se limitó a escucharlas y a impregnarse del sonido. Lo miró todo. No dejó nada por captar. Después su mano cayó al suelo, y vio que dibujaba una forma en la arena, ancha por arriba, estrecha por el medio y ancha por abajo. ¿Qué era?

Una ráfaga de viento dispersó la arena alrededor del dibujo. Dor entrelazó sus dedos con los de su esposa, y el Padre Tiempo renovó un vínculo que nunca había tenido con nadie más que con ella. Abandonándose a la sensación, sintió que las últimas gotas de sus vidas se tocaban como el agua en una cueva, como cuando lo de arriba se junta con lo de abajo, y el cielo con la tierra.

Cuando se cerraron los ojos de Alli y Dor, se abrieron otros distintos. Se elevaron del suelo como un alma común, y subieron, subieron, sol y luna en un único cielo.

EPÍLOGO

80

A Sarah Lemon la llevaron a toda prisa al hospital.

En él pasó la noche. Se le limpiaron los pulmones, y dejó de dolerle la cabeza. Recordó lo afortunada que había sido por el potente *riff* de rock duro que había sonado en su teléfono —programado por Ethan—, señal de que su madre la llamaba para desearle un feliz Año Nuevo.

El ruido la había sobresaltado lo bastante como para darse cuenta de lo que pasaba, pulsar el mando de la puerta del garaje, accionar el tirador de la del coche y caer al suelo. Entre toses convulsas se había arrastrado por el cemento hasta llegar al exterior. Al verla tirada en la nieve, un vecino había llamado al 911.

Ingresó en Urgencias a las doce en punto, mientras se oían por toda la costa gritos de celebración.

En la camilla de al lado de Sarah había un tal Victor Delamonte.

Había ingresado poco antes, aquejado de cáncer e insuficiencia renal. Al parecer, había interrumpido la diálisis. Lo resolvieron con una transfusión de sangre, aunque el hombre que lo trajo solo dijo que se quejaba de dolor en el abdomen.

Lo que no llegó a saberse fue cómo cambió Victor sus planes póstumos. Justo cuando lo levantaban para la inmersión en hielo, abrió los ojos bruscamente y miró a Roger. Aquella misma noche, entre susurros, le había dado instrucciones de que si por algún motivo cambiaba de idea se lo indicaría mediante una sola palabra. Entonces Roger interrumpiría el plan.

«—¿Me has entendido? En ese caso ¿no vacilarás?

—Lo he entendido.»

Así fue. Victor dijo una palabra, y al oírla Roger exclamó:

—¡Paren ahora mismo!

Obligó al forense y al médico a que se apartasen y llamó enseguida a una ambulancia. Seguía las órdenes del jefe, como siempre: había oído la palabra con toda claridad.

«Grace.»

81

ESTA HISTORIA TRATA **del significado del tiempo**

y empieza hace mucho, pero se acaba dentro de unos años, en una sala de fiestas donde un nutrido público dedica una ovación a una investigadora médica de gran prestigio. Según ella ha sido «un esfuerzo colectivo», pero el hombre que la presenta a los espectadores manifiesta la opinión, generalizada en todo el mundo, de que es la doctora Sarah Lemon quien ha descubierto una cura para la enfermedad más temida de nuestra época. Salvará a millones de personas y la vida no volverá a ser nunca como antes.

—Salga a recibir los aplausos —dice el hombre.

Ella inclina la cabeza y saluda, cohibida. Después expresa su agradecimiento a sus profesores y al resto del equipo de investigación, y presenta a su madre, Lorraine, que sonríe de pie, con el bolso en las manos. Sarah también hace constar que nada de ello habría sido posible sin un benefactor llamado Victor Delamonte, quien cuando ella pedía plaza en la universidad le había pagado generosamente toda la carrera en una de las mejores del país —desde primero de medicina a lo más lejos que pudiera llegar—, tal y como dejó dicho en su testamento, que cambió en el último momento justo antes de su muerte, causada por la misma enfermedad cuya cura había descubierto Sarah.

Delamonte solo había sobrevivido tres meses a su noche con Sarah en Urgencias, pero según su esposa, Grace, habían sido los más bellos de toda su vida conyugal.

—Muchas gracias a todos —concluye Sarah.

El público la aplaude en pie.

Mientras tanto, a la misma hora, en una calle adoquinada del sur de Manhattan, el 143 de la calle Orchard está recibiendo a un nuevo inquilino. Los albañiles tiran tabiques, siguiendo las indicaciones de los planos.

—¡Vaya! —dice uno de ellos.

—¿Qué pasa? —pregunta otro.

Las linternas penetran en un gran espacio oculto bajo el suelo. Las paredes están llenas de grabados de todas las formas y símbolos imaginables. En un rincón hay un reloj de arena que contiene un solo grano.

Y en el mismo momento en que los albañiles levantan curiosos el reloj, muy lejos —en un sitio que no puede describirse en las páginas de un libro—, un hombre que se llama Dor y una mujer llamada Alli corren descalzos por una montaña, tirando piedras y riendo con sus hijos, y ni una sola vez piensan en el tiempo.

AGRADECIMIENTOS

En primer lugar quiero dar gracias a Dios, sin cuya Gracia no hago nada.

Hay libros más difíciles que otros. Gracias a todos los que me han tratado con paciencia mientras escribía este, y han creído en la idea desde el primer momento: mi familia, mis hermanos, mis cuñados y mis amigos del alma.

Gracias en especial a Rosey y Chad, que han redefinido la palabra «amigo» colmando de un apoyo sin fin los días más duros. Jamás lo olvidaré. Mi más profunda gratitud también a Ali, Rosey, Rick y Tricia, que fueron los primeros en leer *El guardián del tiempo* y me ayudaron a que me diera cuenta de que el Padre Tiempo tenía una historia que contar.

Gracias infinitas a Kerri, que no solo ha leído y corregido estas páginas sino que ha disipado todos los obstáculos, permitiendo que el relato respirase y encontrase su lugar en el mundo. Y a Mendel, que es un vago, pero que llegó justo a tiempo a la oficina para arreglarlo todo.

Gracias a David por un cuarto de siglo de fe en mí, y a Antonella, Susan, Allie, David L. y el resto del equipo de Team Black Inc. por haber sido como siempre una balsa en el mar. Gracias a Ellen, Elisabeth, Samantha, Kristin, Kill y toda la pandilla de Hyperion; también a SallyAnne, por la publicidad. Y mi más profunda gratitud a mi editor, Will

Schwalbe, que siempre ha tenido un sí para nuestras peticiones, y con ello me ha hecho feliz.

Una mención especial de gratitud al Instituto de Criónica de Township, Michigan, y a los empleados que me han facilitado información para esta novela sin recibir nada a cambio. Aunque en estas páginas Victor aprenda una lección muy concreta, no es mi intención emitir juicio alguno sobre la ciencia de la criónica, ni sobre las decisiones de sus practicantes y pacientes. A fin de cuentas, esto es una fábula.

Como siempre, gracias a mi madre, mi padre, Cara, Peter y toda mi extensa familia.

Y para acabar, en mi vida hay una sola Alli: todo lo que Dor veía en la suya lo veo yo cada día en la mía. Gracias, Janine.

A mis fieles lectores, los que se han hecho con el libro sin ni siquiera preguntar por el tema: sois el eje de mi obra, y los ojos en los que pienso al teclear mis frases. Ojalá os siga dando una pequeña parte de la esperanza y de la inspiración que me dais vosotros a mí.

Mitch Albom
Detroit, Michigan
Mayo de 2012

La gestión del tiempo

PARA PODER ENTENDER cómo hemos llegado a gestionar y contabilizar el tiempo en nuestros días es imposible no hacerse la pregunta de qué es el tiempo. Se podría decir que el tiempo es la dimensión donde se producen los cambios, por lo que la noción del tiempo depende de la percepción de los cambios.

La forma que tenemos de medir el tiempo que nos rodea ha variado mucho a lo largo de los siglos y las diversas culturas. En las sociedades y civilizaciones antiguas la concepción del tiempo era cíclica, por lo que su ordenación estaba subordinada a los cambios periódicos de las estaciones y los cambios de la naturaleza. Este tiempo era, por tanto, inmóvil y dependía de una visión mítica. Sin embargo, la percepción actual del tiempo que existe en occidente presenta unas características totalmente diferentes, asociadas con una imagen más científica. Actualmente se entiende que es algo lineal, irreversible y dividido en segmentos. Nuestra concepción del tiempo está muy ligada a los instrumentos que ahora existen para medirlo y no tanto por lo fenómenos externos.

El tiempo lineal como sistema tuvo una evolución paulatina en la Historia. Los egipcios crearon los primeros calendarios para poder coordinar el comercio o las cosechas. Otras civilizaciones se decantaron por establecer calendarios según las condiciones que les dictaba la naturaleza. El

Imperio Romano se guio por el calendario solar, que fue la base del calendario gregoriano.

La división del tiempo en días, en dos períodos de doce horas, se debe a la cosmología egipcia. Su calendario estaba compuesto por doce meses de 30 días. Sin embargo, la clasificación de los días en grupos de siete para formar las semanas y la división de las horas en 60 minutos fue completamente arbitraria. Los romanos comenzaron a entender el tiempo como algo más lineal y asociado al devenir de los principales acontecimientos. De hecho, el cristianismo crea el tiempo histórico marcando una división según la anterioridad o posterioridad del nacimiento de Cristo. Julio César estableció el calendario juliano, formado por años de 365 días (más un año bisiesto) para lograr una mayor precisión. Esta será la base para la composición del calendario gregoriano, que modificó el cómputo de los años bisiestos y se estableció como el calendario bajo el que nos regimos actualmente.

El ser humano siempre ha sentido la necesidad de medir el tiempo —ya en el pasado se medía con relojes solares y lunares—, pero no es hasta la mecanización del tiempo cuando se produce un cambio real en su representación. La mecanización de los relojes marcó una cuantificación exacta del tiempo que cambió los hábitos sociales de forma drástica. Estos cambios marcados por el tictac de una vida cada vez más frenética ha llegado hasta nuestros días, hasta el punto de llevar a problemas de estrés derivados de la falta de gestión del tiempo.

La falta de tiempo puede llegar a ser abrumadora y hacer que nos sintamos estresados y agobiados. Sin embargo, con una buena gestión del tiempo, puedes llegar a aprender a reorganizar tus responsabilidades, pero también a trabajar el autocuidado y a valorar el tiempo de calidad con tu entorno.

Algunas estrategias recomendables para gestionar el tiempo son:

Planifica tu tiempo: Toma un calendario y marca los plazos de tus tareas, reuniones, clases y otros compromisos importantes. Planifica tu tiempo con anticipación y deja espacio para imprevistos.

Prioriza tus tareas: Identifica las tareas que son más importantes, que requieren más tiempo y energía, y hazlas primero. Asegúrate de hacer las tareas más urgentes y prioritarias antes de pasar a las menos importantes.

Establece metas realistas: Ponte metas que puedas alcanzar sin sentirte abrumado. Si tienes un objetivo a largo plazo, divídelo en tareas más pequeñas y realiza un seguimiento de tu progreso.

Se flexible: En la consecución de los objetivos siempre surgen imprevistos que generan ansiedad. Ten en cuenta que hay que elegir distintas tareas, objetivos intermedios y cambiar de estrategias cuando sea necesario. Ser flexible es adaptarse.

Aprovecha al máximo tu tiempo libre: Utilízalo para hacer cosas que te gusten y que te ayuden a relajarte. Pasa tiempo con tu familia, haz ejercicio, lee un libro o ve una película.

Toma descansos: Es importante que tomes descansos regulares para evitar el agotamiento. Tomar descansos puede mejorar tu concentración y productividad. Prográmalos en tu horario y utiliza ese tiempo para hacer ejercicio, meditar o simplemente relajarte.

Aprende a delegar: No intentes hacer todo por ti mismo. Aprende a delegar tareas a otras personas, como familiares, amigos o compañeros de trabajo. Delegar tareas puede ayudarte a ahorrar tiempo y energía.

Guía de lectura

1. El tiempo es un tema importante en este libro. ¿Qué importancia tiene el tiempo para ti y para la generación actual?

2. Albom escribe en fragmentos cortos y con escenas divididas, lo que da al libro una cadencia única. ¿Cuál crees que era su intención?

3. ¿Crees que el castigo de Dios a Dor fue demasiado duro? ¿Tuvo algún efecto positivo el primer intento de Dor de medir el tiempo?

4. Albom reunió elementos del mito y de la historia para elaborar la narración de Dor. ¿Puedes identificar algún mito paralelo?

5. Mientras está en la cueva, Dor hace símbolos en la pared para recordar momentos clave de su vida. ¿Cómo marca el paso del tiempo y permanece conectado a épocas pasadas?

7. Piensa en los padres de Victor. ¿Afectó lo que les ocurrió a la relación de Victor con el tiempo y a su miedo a la mortalidad? ¿Afectó a su relación con Grace?

8. Reflexiona sobre la descripción que hace Albom del futuro visitado en el viaje de Victor. ¿Qué le ha ocurrido a la humanidad?

9. En el libro, el tiempo sigue siendo esquivo incluso para Dor, el inventor del tiempo. ¿Qué opinas sobre la naturaleza del tiempo?

10. ¿Cuál es la mayor pérdida para los hombres que se ven confinados por el tiempo?

MITCH ALBOM

Comienza a leer

El extraño que llegó del mar

MAR

No TENÍA NI un rasguño cuando lo sacamos del agua. Fue lo primero que advertí. Los demás hemos sufrido cortes y moratones, pero él está ileso, con la piel suave y almendrada y una espesa mata de pelo, apelmazada por el agua del mar. Lleva el pecho desnudo y no está demasiado musculado. Debe de tener unos veinte años y sus ojos son de color azul pálido, como el océano en tu imaginación cuando sueñas con unas vacaciones tropicales, no del gris interminable de las olas que rodean este abarrotado bote salvavidas, esperándonos como una tumba abierta.

Cariño, perdóname por mostrarme tan desesperado. Han pasado tres días desde que se hundió el *Galaxy*. Nadie ha venido a buscarnos. Intento mantener una actitud positiva, creer que nos rescatarán pronto. Sin embargo, no nos queda mucha comida ni agua. Además, hemos avistado tiburones. En los ojos de muchos de los que están a bordo, percibo que se están rindiendo. Hemos pronunciado demasiadas veces la afirmación «vamos a morir».

Si debe ser así, si ha llegado mi fin, te escribo a través de las páginas de este cuaderno, Annabelle, con la esperanza de que, de alguna manera, las leas cuando ya no esté. Necesito contarte algo y anunciárselo al mundo también.

Podría empezar por el motivo por el que esa noche estaba en el *Galaxy*, el plan de Dobby o mi intenso sentimiento de culpa por la explosión del velero, aunque no tengo claro qué ocurrió. Pero, por el momento, comenzaré relatando lo sucedido esta mañana, cuando sacamos a un extraño joven del mar. No llevaba chaleco salvavidas ni se aferraba a nada cuando lo vislumbramos meciéndose entre las olas. Dejamos que recuperara el aliento y, desde nuestra posición en el bote, nos presentamos.

Lambert, el jefe, fue el primero en hablar, diciendo:

—Jason Lambert, el dueño del *Galaxy*.

A continuación, lo hizo Nevin, el británico alto, quien se disculpó por no levantarse para darle una auténtica bienvenida debido al corte que se hizo en la pierna al intentar escapar de la embarcación que se hundía. Geri solo le dedicó un gesto de asentimiento mientras formaba un ovillo con la cuerda que había usado para sacar al hombre del agua. Yannis le ofreció un débil apretón de manos. Nina murmuró un «hola». La señora Laghari, la mujer de la India, no dijo nada; no parece confiar en el recién llegado. Jean Philippe, el cocinero de Haití, le sonrió y dijo:

—Bienvenido, hermano. —Sin embargo, no apartó la mano de su mujer adormilada, Bernadette, herida en la explosión, creo que de gravedad.

La pequeña a la que llamamos Alice, que no ha hablado desde que la encontramos agarrada a una tumbona en el océano, permaneció en silencio.

Yo fui el último:

—Benji —dije, por alguna razón, con un hilo de voz—. Me llamo Benji.

Esperábamos que el extraño contestara, pero solo nos miró con ojos inocentes. Después, Lambert comentó:

—Estará en *shock*.

Y, al pensar que quizás levantando la voz volvería en sí, Nevin gritó:

—¿Cuánto tiempo llevabas en el agua?

Al no recibir respuesta, Nina le tocó el hombro y dijo:

—Bueno, te hemos encontrado, gracias al Señor.

A lo que el hombre respondió, al fin, con un susurro:

—Yo soy el Señor.

TIERRA

EL INSPECTOR APAGÓ el cigarro. Su silla gimió. Esa mañana ya hacía calor en Montserrat y la camisa blanca almidonada se le adhería a la espalda empapada en sudor. Le palpitaban las sienes por un resacoso dolor de cabeza. Miró al hombre delgado y barbudo que lo estaba esperando cuando había llegado a la comisaría.

—Empecemos de nuevo —dijo el inspector.

Era domingo. Estaba en la cama cuando había recibido la llamada. «Hay aquí un hombre que dice que ha encontrado una balsa del barco estadounidense que explotó». El inspector había murmurado una maldición. Su mujer, Patrice, había gemido y se había dado media vuelta sobre la almohada.

—¿A qué hora llegaste anoche a casa? —había musitado.

—Tarde.

—¿Cómo de tarde?

Se había vestido sin responderle, se había preparado un café instantáneo que se había servido en un vaso de cartón y le había dado una patada al marco de la puerta al salir de casa, golpeándose el dedo gordo. Aún le dolía.

—Me llamo Jarty LeFleur —dijo entonces, examinando al hombre al otro lado de su escritorio—. Soy el inspector jefe de la isla. ¿Y usted es…?

—Rom, inspector.

—¿Tiene algún apellido, Rom?

—Sí, inspector.

LeFleur suspiró.

—¿Cuál es?

—Rosh, inspector.

LeFleur lo anotó y encendió otro cigarro. Se frotó la frente. Necesitaba una aspirina.

—¿Ha encontrado una balsa, Rom?

—Sí, inspector.

—¿Dónde?

—En la bahía Marguerita.

—¿Cuándo?

—Ayer.

LeFleur alzó la mirada y vio al hombre observando la foto de su escritorio, en la que su mujer y él mecían a su hija en una toalla de playa.

—¿Es su familia? —preguntó Rom.

—No la mire —le ordenó LeFleur—. Míreme a mí. Respecto a la balsa, ¿cómo sabe que era del *Galaxy*?

—Lo llevaba escrito.

—¿Y la encontró sin más, varada en la playa?

—Sí, inspector.

—¿Había alguien dentro?

—No, inspector.

LeFleur estaba sudando. Se acercó al ventilador. La historia era factible. Llegaban todo tipo de cosas a la orilla norte. Maletas, paracaídas, drogas o artilugios llenos de peces que, arrastrados por las corrientes, flotaban por el Atlántico Norte.

Nada era demasiado raro para que lo empujara la marea, pero ¿una balsa del *Galaxy*? Eso eran palabras mayores. El enorme velero de lujo se había hundido hacía un año a ochenta kilómetros de Cabo Verde, cerca de la costa oeste africana. Había salido en las noticias del mundo entero, especialmente por todos los ricos y famosos que iban a bordo. No se había encontrado a ninguno.

LeFleur se balanceó hacia delante y hacia atrás. «La balsa no se pudo inflar sola». Tal vez las autoridades se habían confundido. Quizá sí que había habido supervivientes de la tragedia del *Galaxy*, al menos durante un breve período de tiempo.

—Vale, Rom —dijo, apagando el cigarro—. Vayamos a echarle un vistazo.

- - - - - - - - - - - - - - - - -
Continúa en tu librería
- - - - - - - - - - - - - - - - -

Inspírate con MITCH ALBOM

Una cautivadora novela sobre
el poder infinito de la esperanza

El yate de lujo *Galaxy* se ha hundido en el océano Atlántico y solo se han salvado nueve pasajeros. Después de tres días de supervivencia los náufragos encuentran a un hombre flotando entre las olas: «Yo soy el Señor», susurra el extraño.

Evocador, trágico y hermoso, un libro con el potencial de llegar mucho más allá de sus propias páginas. —*Bookreporter*

Un testimonio sobre la vida, la amistad y el amor convertido en un clásico

Todos hemos conocido a alguien más sabio que nos inspiró en nuestra juventud. Para Mitch Albom, esa persona fue su profesor Morrie Schwartz. Veinte años después, cuando a Morrie le quedaba poco tiempo de vida, el autor empezó a visitarle cada martes.

Una novela llena de brillantes reflexiones sobre la vida y la muerte, el paso del tiempo y las oportunidades perdidas

Chick Benetto sufre un terrible accidente. En la frontera entre la vida y el más allá, se reencuentra con su madre fallecida y tiene la oportunidad de conocer la verdadera historia de su familia.

Una novela llena de encanto que hará que el lector empiece a tararear su canción favorita

Mitch Albom da vida al que quizá sea su personaje más inolvidable, Frankie Presto, el mejor guitarrista que jamás haya existido sobre la faz de la Tierra, inspirado en el compositor de *Recuerdos de la Alhambra*, Francisco Tárrega, natural de Villarreal (Castellón).

Las cinco personas que encontrarás en el cielo

Un éxito internacional con más de 100 000 ejemplares vendidos en nuestro país.

La próxima persona que encontrarás en el cielo

Si realmente has querido a alguien, encontrarás el modo de volver a verlo.

Una maravillosa fábula sobre el sentido de la vida y el valor insospechado de nuestros actos cotidianos

¿Qué nos espera en el paraíso? ¿Algo que nos permita entender el misterio de la vida? La vía está libre para todas las especulaciones... Como las que establece Mitch Albom a través del entrañable protagonista de esta novela.

Una novela que nos recuerda que cada final es también un nuevo comienzo

Hace quince años, los lectores se enamoraron del protagonista de *Las cinco personas que encontrarás en el cielo*. Ahora Mitch Albom revela lo que le sucedió a Annie, la niña a la que Eddie salvó de morir. ¿Cómo cambió su mundo después del accidente? ¿Y qué sucederá cuando se reúna con el hombre que le salvó la vida?